Texte von

Kristine Obenland

Die Seelen gehen spielen ...

Mythos-Verlag

Die Deutsche Bibliothek – CIP-Einheitsaufnahme

Obenland, Kristine:

Die Seelen gehen spielen ... / Texte von

Kristine Obenland. – 3. Aufl. – Heilbronn

(i. e. Beilstein): Mythos-Verl., 2000

ISBN 3-9805305-9-0

„Die Seelen gehen spielen“

Texte zur Erinnerung an Deine Seele, Deinen Geist

Mythos-Verlag Heilbronn 2000

3. Auflage ISBN 3-9805305-9-0

Lay-Out: Hans-Peter Gnädinger

Druck und Fertigstellung: Kepnerdruck

Gestaltung Umschlag: Hans-Jürgen Fein

Typographie: Eberhard Kircher

Bild vorne: Norman Obenland, Bild hinten: Ute Ruse

Dieses Buch kann als Ratgeber dienen,

ersetzt aber nicht eine ärztliche Behandlung.

Ich danke allen, die mir geholfen haben

dieses Buch so zu verwirklichen,

wie ich es mir erträumt habe.

Für meine Seele

Norman, Duncan und Oldtimer gewidmet

...zum Anfang

" Die Seelen gehen spielen "

hast Du mir zugeflüstert,
in irgendeiner Nacht,
und ich fing an zu verstehen...

Jetzt weiß ich,
e s g i b t E u c h n o c h,
unsere Seelen.

Ihr geht spielen, am Tag,
doch am liebsten in der Nacht.
Die Pause habt Ihr Euch verdient.

Es ist nicht immer leicht,
so ein Tag mit uns.
Oft ruft Ihr uns mit der Bitte,
anders zu entscheiden,
einfach zu entspannen,
um das Leben zu genießen...
doch wir hören nicht zu.

Und so bleibt es eine harte Arbeit
für Euch,
uns Menschen
von Eurer Anwesenheit
zu überzeugen.

Wir könnten Euch
hören,
über unsere Intuitionen,
erkennen,
über unsere echten Gefühle,
sehen,
über die Bilder,
die Ihr malt,
die wir manchmal
als Tagträume bezeichnen.

Ihr seid unsere Freunde,
Ihr wollt wieder mitspielen
in unserem Leben.

Wie früher, als Kinder...

Ihr ward unsere beste Phantasie,
unser Lachen
unsere Gedankenblitze,
unser Humor.

. . .und hey,
I h r se i d n o c h d a ...

Dieser Tag...

Laß mich nicht glauben,
daß es die Sonne ist,
die ich brauche,
um mich zu wärmen.
Heute,
an diesem kalten Tag.
Es ist Dezember.

Vielleicht
ist es etwas ganz anderes,
das mich heute wärmen soll.

Sind es die Worte
eines netten Menschen?
Ist es der Blick
in den Augen eines Freundes?

Warte ich nur auf die Sonne,
werde ich es nicht erfahren,
denn ich bin nicht frei und offen genug
für das,
was mein Tag
mir
heute schenken will.

Laß mich nicht glauben,
daß es die Liebe
von einem b e s t i m m t e n Menschen ist,
die ich brauche
an diesem Tag,
zu dieser Zeit.

Ich möchte es nicht übersehen,
wenn gerade heute
irgendwo
jemand auf mich wartet,
der mir
auf seine Weise
Liebe schenken will.

Laß mich erkennen,
welche Dinge
heute
für mich bereit stehen,
und nicht die suchen,
die für morgen
gedacht sind.

Ich will den Tag so nehmen,
wie er gemeint ist.

An Dich...

und an D i c h

Wenn Du Dich mal brauchst...

wenn Deine eigenen Gedanken und Worte
Dich nicht mehr erreichen...
nimmst Du vielleicht
dieses Buch...

Wichtig ist,
daß Du Vollkommenheit fühlen kannst,
in allen Dingen Deines Lebens,
daß Du erkennst,
egal was auch passiert,
es hat einen Grund.
Menschen begegnen Dir nicht zufällig.
Jeder Tag,
jeder Augenblick
kann ganz besonders sein.

Alles ist in Dir.
Die Freude, sie ist in D i r.
Der Schmerz, er ist in D i r.
D u erschaffst
die Harmonie in Dir,
mit Deinen Gedanken,
mit Deinen Gefühlen,
durch Dein Handeln.

Gestärkt,
durch diese Erkenntnis,
gibst Du jedem Tag
eine Chance.

Meine Worte
sollen Dir dabei helfen,
vielleicht als Schlüssel,
zum Aufbruch
in D e i n Leben,
das voller Aufregungen
und kleiner Wunder ist.

Aufgefangen wirst Du
durch Deine wachsende Erkenntnis,
Eingebettet bist Du
in Deiner Liebe und Stärke.
Leben kannst Du es
mit Deiner Freude und Lebendigkeit.
Empfinden
über Deine Sinne,
die Du im Begriff bist zu erfahren.

Das wäre Dein Geschenk
an mich.

Wir sind alle wichtig.

Wir sind alle wichtig,
auch Du,
mit Deinem Charakter,
bist wichtig.
Gerade Du.
Dieser Charakter spiegelt sich auch
in Deinem Gesicht,
in Deiner Nase,
in Deinem Mund,
in Deinem Lachen,
in dem Ausdruck Deiner Augen.
Dieser Charakter lebt
im Klang Deiner Stimme,
in Deinen Bewegungen.
So wie Du aus dem Auto steigst,
wie Du Dir mit einer Hand
lässig durch Deine Haare streifst . . . das bist Du.

Kleine Dinge nur,
für Dich vielleicht unwichtig,
doch kein Mensch ist wie Du.
Du bist etwas ganz Besonderes.
Und nur Du kannst diese Deine Aufgabe
in Deinem Leben erfüllen.

Finde Deine Aufgabe,
und Du findest Dich.

...und wenn es " nur "
Dein gurgelndes Lachen ist,
das manchmal die Sinne der Menschen erheitert...
nur Deine samtige weiche Stimme,
die hin und wieder
den Eingang
in die Herzen der Menschen findet...
wenn es reine Freude ist,
die Du zum Ausdruck bringen kannst,
durch Deine spontane Art...
so ist das genug

Du bist wirklich wichtig.
Denke daran.

Wenn wir alle unsere Aufgabe finden,
so wirken,
wie wir gemeint sind,
kann jeder in Frieden
mit sich selbst leben.

An was glaubst Du?

Du kannst glauben, was die Ärzte sagen.
Sie wissen viel.
Aber sie sehen Dich von ihrer Seite.
Sie sehen nie das, was Du in Dir siehst.
Sie tun ihr Bestes, aber eben nur i h r Bestes.
D e i n Bestes kannst Du
nur für Dich tun.

Du kannst glauben, was die Ärzte sagen,
aber glaube noch viel mehr an Dich selbst.

Du kannst glauben, was Dir Deine Eltern sagen.
Sie wollen, daß es Dir gut geht.
Aber vielleicht
muß es Dir auch manchmal schlecht gehen,
damit es Dir erst richtig gut gehen kann.

Du kannst glauben, was sie sagen,
aber glaube ein bißchen mehr an Dich selbst.

Du kannst glauben,
was die Lehrer sagen.
Sie müssen Dir etwas beibringen.
Sie glauben zu wissen,
was für Dich gut ist.

Glaube was die Lehrer sagen,
doch glaube immer ein bißchen mehr
an Dich selbst.

Glaube was in den Büchern steht.
Alle,
die Bücher schreiben,
so wie ich diesen Text,
schreiben, was sie denken.
Es gibt ein schönes Gefühl in Dir,
das nur entsteht,
wenn ein Buch richtig für Dich ist,
das nur Du verstehst.

Glaube, was in den Büchern steht,
aber glaube immer ein bißchen mehr an Dich selbst.

Glaube an Deine Freunde,
Deinen Partner,
Deine Kinder,
Deine Kollegen,
an alle,
die um Dich sind...

doch glaube trotzdem immer noch ein bißchen mehr
an Dich selbst.

Deine Unzufriedenheit bist Du

Es könnte ein schöner Tag werden.
Auch die schwarze Regenwolke ist guter Laune.
Sie beeilt sich, macht Platz für die Sonne.
Leider bist Du so unzufrieden.
Scheinbar gibt es Dinge,
die Du für Dich nicht getan hast.
Zehn andere Gründe wirst Du finden,
irgendjemand dafür verantwortlich machen.
Doch die Unzufriedenheit bist Du.
Sie ist in Dir.
Sie besteht schon als Samen einer Sache,
die Du für Dich nicht in Ordnung gebracht hast.
Fängt der Samen an zu keimen,
ist es manchmal schon zu spät.
Dann ist sie da, die Unzufriedenheit.
Schaue in Dir
nach der Ursache.
Zerstöre wegen ihr nicht den Augenblick,
den Tag und die Chancen, die Dir der Tag bietet.
Nimm Dir vor etwas zu verändern
...und bald löst sie sich auf,
Deine Unzufriedenheit.

Genieße auch diesen Tag.

Umarmung 1

Wenn ich mich heute
von Dir in den Arm nehmen lasse,
werde ich mich vielleicht öffnen.

Wenn ich Dich morgen sehe,
warte ich auf Deine Umarmung,
und werde sie vielleicht nicht bekommen.

Werde ich traurig sein,
voller Sehnsucht?
Werde ich mich wieder schließen,
mit einem neuen Türschloß?
Wird es ein Leben lang verschlossen bleiben?
Oder
kann ich Dich in mein Herz lassen,
und morgen zur Tagesordnung übergeben,
die Kraft,
die Du mir
in Deiner Umarmung gegeben hast,
einfach mitnehmen,
von ihr zehren...?

Umarmung 2

In Deiner Umarmung öffne ich mich ganz,
alle Sinne tun sich auf,
alle Türen zu meinen Gefühlen
sind verschwunden.
Du befreist mich von mir selbst.
Es ist berauschend.

Früher hätte eine solche Umarmung
Sehnsucht und Schmerzen hinterlassen,
heute ist sie eine wunderbare Medizin.

Die Liebe ist eine Droge.
Selbstlos gelebt,
ohne Erwartung,
tut sie gut,
in dem Augenblick,
wenn Du sie lebst,
danach,
weil sie Dir Kraft gibt...

Du mußt sie nur loslassen.

Unsere Seelen

Ich denke an Dich
und was ich Dir alles sagen möchte.
In Gedanken erkläre ich Dir,
was ich meine.
So oft fange ich mit neuen Worten an,
versuche immer noch bessere Worte zu finden
für das, was ich Dir alles sagen möchte.
Ich erzähle Dir meine Probleme,
meine neuesten Gedanken,
die Dinge, über die ich mich freue, meine Ideen.

Dann sehe ich Dich.
Ich will anfangen zu reden.
Aber es ist,
als hätte ich Dir schon alles gesagt.
Du gibst mir die richtige Antwort,
obwohl ich die Frage noch nicht gestellt habe.

Unsere Seelen sind so sehr
miteinander verbunden,
sie haben alles schon besprochen.
Uns bleibt Zeit,
die wir miteinander genießen können.

Manchmal ärgere ich mich über Dich.
In Gedanken streite ich mit Dir.
Ich kann Dir alles sagen,
was ich schon immer sagen wollte.
Alles, was mir an Dir nicht gefällt.
Ich sage endlich,
wie ich mir mein Leben vorstelle.

Du kommst nach Hause.
Ich will anfangen zu reden,
aber plötzlich ist dieses Gefühl wieder da,
als hättest Du meine Gedanken gehört,
und komischerweise bist Du heute so nett zu mir.
Was ist nur passiert?

Unsere Seelen, die sich so nahe sind,
haben den Streit schon ausgetragen,
und wieder bleibt uns die Zeit füreinander.

Wenn Dein Verstand mal wieder
etwas scheinbar Wichtiges sagen will,
sag einfach mal nichts, sende Deine Gedanken.

Erkenne die Zeit des Redens,
erkenne die Zeit des Schweigens.

Lüge, oder Wahrheit ?

Du denkst, daß irgend jemand,
vielleicht ein Freund, oder Dein Kind,
D i c h belügt.

Du bist enttäuscht,
aber warum denkst Du nicht nach und erkennst,
daß gerade dieser Mensch die Wahrheit sagt.
In dieser „Lüge“ sagt er die Wahrheit.
Die Wahrheit ist,
daß man Dich belügen muß.
Das muß nicht negativ sein.

Manchmal passiert es mir,
daß mich ein Mensch belügt, vielleicht Du.
Ich denke, Du weißt, warum Du das tust.
Ich muß nur den Grund erkennen.
Warum sagst Du mir nicht, wie es wirklich ist?
Gibt es Dinge,
die Du mir nicht sagen kannst,
für die ich mich verschlossen habe?
Gibt es Dinge,
die für mein Leben keine Rolle spielen,
mich nur unnötig belasten würden?

Am besten . . . ich vertraue Dir

Immer wieder wird es passieren,
daß Dich jemand anlügt.
Sei nicht böse,
vertraue diesem Menschen,
der es vielleicht richtig macht.

Eine Wahrheit kann erst wirken,
wenn Du für sie reif bist.
Dein Gegenüber
weiß das zu diesem Zeitpunkt
möglicherweise besser.

Freue Dich,
daß Du eine Chance bekommst,
etwas Neues zu erkennen,
einen neuen Aspekt
eines Menschen zu verstehen.

Das ist leben.
Leben heißt lernen.

Es gibt keine Lügen.

Eine Insel

Manchmal stellt man sich eine Insel vor,
und denkt an Sandstrand und Palmen.
Du möchtest gerne,
daß ich Deine Insel bin.
Ich bin es doch. Erkennst Du es nicht?
Ich bin eine eigenartige Insel,
mit anderer Vegetation, als Du je erwartet hast.
Du denkst an den Sandstrand und die Palmen,
an einen blauen Himmel und Sonne,
und bemerkst nicht,
daß die wilden Sträucher,
seltsamen Berge und Höhlen meiner Insel,
den Lebensraum
für die geheimnisvollen Wesen bieten,
die hier wohnen.
Sie spielen mit dem Wind und dem Regen,
den Eidechsen und den Igeln.
Du wirst sie nie kennenlernen,
diese wunderbaren Wesen,
Du wirst sie nie finden,
wenn Du den Sandstrand und die Palmen suchst.
Deine Erwartung zerstört,
Deine Erwartung ist das Ende.
Ich bleibe eine Insel...

Deine Hände

Vor einigen Tagen berührte ich Deine Hände.
Ich war überrascht,
eine solche Liebe in Ihnen zu fühlen.
Sehe ich Dich an,
würde ich das nicht mal vermuten.
Du versteckst Dich gut.
Bei der Berührung war mir,
als wäre es die kleine Hand eines Kindes,
die selbstlos ist, voller Liebe,
ohne Berechnung, völlig frei,
ehrlich, unbewußt,
gerade deshalb wunderschön.

So viele Jahre sind vergangen,
und immer noch stehst Du da,
mit dieser wundervollen Liebe in Deinen Händen,
weil Du keine Möglichkeit gefunden hast,
sie in jungen Jahren zu verschenken
Siehst Du nicht,
wie sie alle auf diese Liebe warten?
Lass sie nicht mehr warten,
keine Minute länger.
Gib Deine Liebe.

... nun stehst Du da,
schüttelst nur noch den Kopf ...
Was ist eigentlich los ?
Es geschehen wunderbare Dinge.
Du glaubst nicht,
daß sie wahr sind.

Es ist D e i n e Liebe,
die zurück kommt,
in einer Form,
wie Du sie nie erwartet hättest.

Sie kommt zurück,
weil Du sie gegeben hast.

Sie warten auf Dich,
alle warten nur
auf Deine Zärtlichkeit.

Gib Deiner Liebe eine Chance.

Beobachte

Heute denke ich an meine Oma.
Ich konnte nie fassen,
wie sie mit Wonne
ihr altes Schwarzbrot verzehrte.
Eingeweicht in ihren nicht mehr heißen Kaffee,
landete es genußvoll in ihrem Mund.
Wie konnte sie das nur tun?
Heute kann ich sie so gut verstehen.
Jahre der Krankheit waren gute Lehrer.

Wenn Du nicht weißt, wie gut eine zwei-Tage-alte
Brezel schmeckt, hast Du niemals Hunger gehabt.

Wenn Du noch nie nächtelang wach warst,
weil Dein Kind über Monate in der Nacht weinte,
kannst Du nicht verstehen,
daß man den Spielfilm um Mitternacht
auch versäumen kann.

Wenn Du niemals Schmerzen hattest,
wirst Du Deinem gesunden Körper
niemals dankbar sein.
In gutem Gewissen kaufst Du
Gummibärchen und Cola.

Wenn Du meinst, keine Zeit zu haben,
wird Dir immer die Zeit für die Dinge fehlen,
die Du von Herzen tun willst.
Du schaust mißgünstig zu Deinem Nachbarn,
der sich gemütlich auf der Terrasse sonnt.
Endlich mit Deiner Arbeit fertig,
gehst Du auch aus dem Haus,
und siehst die Sonne gerade noch
hinter dicken Regenwolken verschwinden.

Wenn Du meinst, zu wenig Geld zu haben,
wird Dir das Geld nie reichen.
Die Banken stapeln Dein Geld,
doch Du schaust neidisch
auf die Schachtel Pralinen
im Einkaufswagen der Dame vor Dir.

Wenn Du Menschen siehst,
sind Vorurteile oft nicht weit.
Du verstehst nur, was Du selbst erfahren hast.

Beobachte,
bewerte nicht,
vielleicht kannst Du etwas
von anderen Menschen lernen.

Nähe

Du bist jedes Gefühl.
Spüre ich Deine Energie,
fühle ich mich als kleines Baby,
in den Armen meiner Mutter.
Mir ist, als könnte ich ihr Herz schlagen hören.
Diesmal fühle ich es ganz bewußt,
diese unbeschreibliche Liebe.
Es ist traumhaft, das jetzt wieder zu fühlen.
Denn ich weiß nicht mehr, wie es sich anfühlte,
damals, als ich klein war.
Aber das Gefühl ist ganz nah bei mir,
wunderschön.
Ich begreife,
warum ich neugeboren keine Sprache brauche,
denn einfache Worte könnten in keiner Weise
meine Gefühle beschreiben.
Doch mit dem Ausdruck meiner Augen
spreche ich zu Dir.
Neugeboren bin ich die Zärtlichkeit.
Oft konntest Du sie nicht wahrnehmen.
Der Alltag legte seine Aufgaben über Dich,
und deckte sie zu.
Aber nun weiß ich, ich kann alles fühlen.
Alle Gefühle sind da, in diesem Augenblick.

Alle Gefühle, die ich jemals hatte,
jemals haben werde.
Ich bin nie mehr allein.
Es sind nur meine Gedanken,
die mich manchmal Einsamkeit fühlen lassen.

Dieses Gefühl, ein Baby zu sein,
wird zum Erlebnis.
Ich möchte mit Dir verschmelzen, in Dir sein,
mit meinem ganzen Körper,
mit meiner ganzen Seele,
mit meinem Geist.
Wie noch ungeboren.
Gleichzeitig möchte i c h Mutter sein,
Deine Mutter,
Dir endlich alle Liebe geben,
die Du brauchst, immer gebraucht hast,
und alles, was Dir im Leben
an Geborgenheit und Zärtlichkeit gefehlt hat.
Gerade heute könntest auch Du erkennen,
daß wir alle eins sind.

Zum Glück ist Sehnsucht nur eine Illusion,
Sind Gedanken nur Wolken,
die sich beiseite schieben lassen,
um sie zu spüren, die Nähe.

Du bist da

Du bist da,
erfüllst den Raum mit Deiner Wärme,
mit Deiner Herzlichkeit.
All die vielen Menschen hier,
konnten dies nicht bewirken,
nur Du.

Ich spüre,
eingebettet in diese neue Schwingung,
die mich zu beschützen scheint,
wie sich etwas verändert.
Ich bin mit meinen Gedanken,
meinen Gefühlen nur noch in der Gegenwart.
Alles bezieht sich auf den Augenblick.
Das gibt mir Sicherheit,
die Sicherheit, die ich brauche,
um nur so zu sein, wie ich bin.

Du mußt nichts tun,
nur da sein,
manchmal nicht mal das.
Deine Nähe
durchdringt jede Zeit,
jede Entfernung.

Die anderen reden und reden,
doch wir,
mitten unter ihnen,
sind ganz allein.

Inmitten der Stimmen
gibt es nur noch Nähe,
keine Worte,
nur einen Blick...
einen Blick, der in alle Zellen fließt,
er gibt Kraft,
läßt das einzig Richtige erkennen,
gibt Mut, gibt Hoffnung.

Du bist da,
in Deiner Nähe bin ich so,
wie ich schon immer sein wollte.
Ich muß mich nicht verstellen,
keine Rolle spielen,
ich kann loslassen.
Unsere Seelen spielen miteinander ...

Du bist da,
reine Lebensessenz,
... für kurze Zeit nur,
... Nähe pur.

Freundschaft

Wir sind dabei,
eine wunderbare Freundschaft aufzubauen.
Unsere Worte und Taten
sind Bausteine dazu.

Wenn wir die guten Steine nehmen,
und sie richtig aufeinander setzen,
kann daraus ein Schloß entstehen.
Die Einrichtung ist Harmonie,
Ruhe und Kraft.

...vielleicht auch eine Burg,
die Schutz und Hoffnung bietet...
doch wir allein entscheiden darüber,
was entsteht.

So eine Freundschaft zu haben ist gut,
immer wieder
können wir in dieses Schloß gehen,
diese Burg besuchen,
uns mit Glück und Freude,
Liebe, Harmonie,
Frieden und Leichtigkeit auffüllen.

Verirre Dich und dann begegne Dir

Nur indem ich mich wirklich verirre,
kann ich mich finden.
Das sind nicht meine Worte,
aber ich habe sie endlich verstanden.

Eine Jeans und ein Hemd sehen gut aus.
Warum renne ich zehn Jahre
mit ausgeflippten Kleidern herum.
Einmal sind es rote Schuhe,
einmal große, schwere, schwarze.
Einmal sind es weite Hosen, einmal enge.
Eine Zeitlang trage ich große Ohrringe,
dann kleine, dann keine.
Einmal habe ich lange Haare, lockige Haare,
dann kurze Haare, bald sehr kurze Haare.
Jetzt habe ich meine Frisur,
und meine Schere wirkt ergänzend.
Ich trage schlichte Hemden, bequeme Schuhe.

Langsam komme ich mir näher.
Ich begegne mir.
Wenn ich jetzt morgens aufstehe
und in den Spiegel schaue,
erkenne ich mich manchmal schon darin.

Wenn ich genug und gut geschlafen habe,
am Abend zuvor nicht zuviel,
aber auch nicht zu wenig
gegessen und getrunken habe,
wenn ich vor dem Einschlafen
meine Gedanken geordnet habe,
in Harmonie eingeschlafen bin,
dann bin ich es wirklich.

Die Haut ist weich,
die Augen klar und nicht geschwollen.
Die Haare nach dem Durchkämmen
wie frisch geföhnt.
Jetzt habe ich Hunger
und freue mich aufs Frühstück.

Ein neuer Tag beginnt für mich ...auch für Dich

Freue Dich auf diesen neuen Tag,
er ist ein Geschenk.
Freue Dich auf neue Aufgaben,
neue Möglichkeiten, auf einen neuen Weg.

Morgens, im Bad, schaue Dich an,
Deinen Körper, er ist einmalig.
Pflege ihn so, daß Du Dich darin wohlfühlst.

Vielleicht möchte er heute gebürstet werden,
oder nur geduscht ?
Vielleicht möchte er nur, daß Du ihn betrachtest ?
Kämme bewußt Deine Haare, liebe sie,
sie sind so wie Du bist.

Freue Dich beim Frühstück
daß Du selbst entscheiden kannst,
was Du diesem Körper zu essen gibst.
Esse nur, was er will, wohlgemerkt, was er will.
Manchmal denkt man,
Vollkornhaferflocken sind richtig,
dabei hätte sich der Magen so sehr
über eine Scheibe Weißbrot gefreut.

Ziehe nur Kleider an,
in denen Du Dich wohlfühlst.
Nichts, nicht das geringste Kleidungsstück,
in dem Du Dich nicht hundertprozentig wohlfühlst,
soll Dich heute begleiten.

Genieße beim Autofahren die Fahrt in Ruhe.
Schaue Dir die Landschaft einmal genau an.
Danke Deinem Auto, das Dich
in dieser gemütlichen Bewegung zur Arbeit bringt.
Genieße diesen neuen Tag,
vielleicht Deinen neuen Weg.

Nähe ist nicht immer Nähe

Bist Du nicht da,
fehlst Du mir in allen Dingen.
Alles macht ein bißchen weniger Spaß.
In meinen Gedanken bist Du mir ganz nah,
ich kann Dich fühlen,
und ich freue mich auf Dich.
... Du kommst wieder, stehst vor mir,
ich kann Dich sehen, kann Dich berühren.
Leider sind meine Gefühle derNähe verschwunden.
Du bist so weit weg,
weit weg mit Deinen Gedanken,
irgendwo bei Deinen Problemen.
Schade !
Laß uns in der Zeit unseres Zusammenseins
auch unsere Gedanken und Gefühle teilen.
Ich möchte Dir gerade jetzt nahe sein,
hineinschlüpfen in das Wesen,
das Dich ausmacht,
und dabei meine eigenen Gefühle erfahren, endlich.
Aufgetankt mit dieser Macht,
kann ich meinem Leben begegnen.
Was auch immer kommen mag,
ich weiß, ich habe es in mir,
das starke Gefühl,
Nähe.

Ein Traum

Du warst so nett zu mir, von Herzen kamen Deine Worte, nichts schien uns zu trennen, genau wie in den Träumen davor. Aneinander gereiht, erzählen sie Deine Geschichte. So lerne ich Dich kennen. Mir scheint, das ist Dein ehrlicher Doppelgänger, seine Rolle ist gut, könnte Deine sein.

Am Tag, als ich Dich treffe,
versuchen Deine Worte mich zu verletzen,
Deine Augen entweichen meinem Blick.
Plötzlich ist in mir die Erinnerung des Traumes,
wie Du wirklich bist, das wirkt in mir.
Diesmal tun mir Deine Fragen nicht weh,
sie verwandeln sich in meinem Kopf zu Worten,
die Dein Doppelgänger sagen würde...
Die Ironie des Ganzen erheitert mich,
und ich gebe freundlich die Antwort,
die ich Deinem Traumbild geben würde,
ohne Bosheit, ohne Aggression.
Ich kann auf die Tage warten,
wenn sich Dein Traumbild mit Dir vereint,
und Du Dich an das richtige Drehbuch hälst.
Bis dahin bleiben mir meine Träume.

Morgen träume ich vielleicht von Dir...

Champagner

Sie sagt zu ihm..

„Meine Liebe ist
wie eine schon geöffnete Flasche Champagner.
Das erste Glas
habe ich Dir schon eingeschenkt."

Aber ich glaube,
Du magst keinen Alkohol.
Das nächste Glas
mußt Du Dir möglicherweise
selbst einschenken.
Und auch dann solltest Du
den Champagner sprudelnd genießen.

Champagner wird mit dem Lagern besser,
denkst Du,
und im Keller sind auch noch viele Flaschen.

Warum kaufst Du Champagner,
wenn Du nur Zeit
für Mineralwasser hast?

" Die Seelen gehen spielen ..."

Ja, ich weiß.
Ich will es auch zulassen,
daß Du immer
mit mir unterwegs sein kannst.
Ich hatte Dich ausgesperrt
aus meinem Leben.
Mit viel Geduld hast Du mich aufgeweckt.
Danke.
Es ist wirklich schön,
diese Verbindung zu Dir.

...und ich bin ausgelassen und fröhlich,
mache leichte Bewegungen,
bin wie ein Kind.
Ich tue nur noch, was mir gefällt,
in jedem Augenblick.

Du gehst spielen...? Ich spiele mit !
Ich s p i e l e mein Leben,
mit Dir,
meiner lieben Seele,
für immer.

Wir sind eins!

Aus dem Leben...

Wer bist Du?   Teil 1

Heute im Freizeitbad sah ich einen Mann im Rollstuhl. Seine Füße waren total verkrüppelt.
Gerade fährt er mit seinem Rollstuhl zum Wasserbecken. Ich denke „der arme Mann", doch ein armer Mensch bin höchstens ich. Vielleicht habe ich vergessen, was Leben heißt.

Mit einem Satz springt er aus dem Rollstuhl, direkt auf seine Hände, und im Handstand, die Füße baumeln kraftlos, läuft er ins Wasser.
Irgendwann taucht er wieder auf, und setzt sich gemütlich hin. Völlig verwirrt gehe ich auch zum Wasser. Ich weiß nicht, was ich fühlen soll. Dieser Mensch hat eine solch glückliche und zufriedene Ausstrahlung, daß ich kein Mitleid empfinden kann. Ich fühle die Kraft, die von ihm ausgeht, seine Würde, seine Liebe zu allem und jedem. Er hat etwas Göttliches.

Sein Lachen, ... er i s t das Lachen, ein Lachen, wie man es manchmal noch bei Kindern sieht.
Habe ich jemals so zufrieden gelacht? Der leuchtende Ausdruck in seinen Augen ist reine Dankbarkeit. Wie selten sehen meine Augen so aus. Seine Stimme, als er mir etwas von seinem Leben erzählt, wie Samt, wissend und ruhig. Ich fühle, wie ich kleiner werde.

Er hat einen gut trainierten Oberkörper, schöne Hände, schöne Zähne, ein gepflegtes Gesicht, er ist die Perfektion seines Selbst bis zum Bauchnabel. Er hat es geschafft, sein Leben in die Hand zu nehmen. Er lebt sein Leben. Er hat alles, was er braucht. Er ist nur sich selbst.

Wer bist Du? Teil 2

Aber wer bist Du?
Du hast Beine zum Gehen,
Arme und Hände zum Handeln,
einen schönen Körper,
ein schönes Gesicht,
hast Geld,
vielleicht ein Haus,
aber Du hast nichts.
Inmitten von allem Luxus,
erkennst Du nicht mehr,
wer Du bist.
Aus den Tagen machst Du Hektik und Streß,
den Sinn für das Wesentliche
hast Du längst vergessen.
Du findest alles so wichtig, was Du tust.
Aus Deinen Augen schleicht sich ein müder,
abgespannter Blick,
dahinter ein Hauch Deines wirklichen
Selbst, das Du versteckt hälst.

Wer, hast Du gedacht,
bist Du,
daß Du ein Leben ohne Krankheit leben darfst,
wenn Du die Vollkommenheit
der Augenblicke nicht erkennst,
die Schönheit der Schöpfung nicht beachtest.

Dein Weg wird Dir aufgezeigt,
rechtzeitig wirst Du sanft dafür geweckt,
wieder Dein Leben in die Hand zu nehmen.
Du hast es verdient.

Nach vielen Jahren vielleicht,
bekommst Du ein Geschenk.
Schlechte Blutwerte? Kaputte Gelenke?
Irgendwo ein Knoten in Deinem Körper?
Habe keine Angst. Fühle Dich nicht bestraft.
Suche den Sinn.

Endlich kannst auch Du anfangen,
über Dich und Dein Leben nachzudenken.
Du kannst nur dankbar dafür sein.

Die Augenblicke sind kostbar.
Du lernst,
sie in Ruhe und Zufriedenheit zu leben.

Egal, ob Du im Geschäft bist oder zu Hause,
mit dem Auto durch die Gegend fährst.

Im Geschäft,
siehe nicht nur die Arbeit, siehe die Menschen,
auch das was man von ihnen nicht sehen kann.
Wirke nur Du als Du selbst.
Überprüfe Deine Worte und Gedanken,
ob sie mit dem Ziel übereinstimmen,
das Du im Beruf suchst.
Gib den Menschen, was sie brauchen.

Zu Hause,
l e b e Dein Haus und Deinen Garten.
Dein Verstand und der Druck der Anerkennung
haben aus Deinem Garten
ein Vorzeigeobjekt gemacht,
auf das man neidisch sein könnte.
Doch Du weißt nicht mal,
wie sich Gras anfühlt,
wie Erde riecht.
Gehe raus, fasse das Gras an, spüre, wie es lebt,
höre, ob es vielleicht mit Dir spricht.
Es spricht,
auch wenn Du es noch nicht hören kannst.

Berühre zärtlich die Blumen in Deinem Garten,
und spüre die Zärtlichkeit,
die von ihnen zurückkommt.

Wann hast Du zum letzten Mal
von Herzen gelacht?
Aus tiefem Gefühl heraus geweint?
Wann hast Du zum letzten Mal
einer alten Frau in die Augen gesehen,
oder einem kranken Kind?
Wann hast Du getanzt,
gehüpft vor Freude, wie ein Kind?
Wann hast Du gesungen,
mal richtig laut geschrien, einfach nur so?

Wann hast Du zum letzten Mal die Erde berührt, eine
Blume gepflückt,
die Wolken gesehen, wie sie davontrieben ?
Manchmal versuchten sie,
Dir Deinen Weg zu zeigen.
Wann hast Du zum letzten Mal gelebt?

Wann hast Du zum letzten Mal

g e l e b t !

Die richtigen Schuhe

Du ziehst ein Paar Schuhe an. Sie drücken.
Du ziehst sie trotzdem an.
Im Laufe des Tages
bemerkst Du die Schmerzen nicht mehr.
Auch gut.

Am nächsten Tag,
ziehst Du wieder die gleichen Schuhe an.
Du spürst kaum noch, daß sie drücken.
Es ist mehr wie eine Selbstverständlichkeit,
daß sie Dir weh tun.

So sind wir Menschen.
Aber ziehst Du die Schuhe nicht an,
wirst Du nie wieder
so unbequeme Schuhe anziehen.
Du bemerkst, es gibt wenige Schuhe,
die wirklich gut passen.
Früher war es einfacher.
Du konntest Dir alle Schuhe kaufen,
die Dir auf den ersten Blick gefallen haben.

Mit der Wahl der Schuhe
entscheidest Du Dich für Freude oder Schmerz.

Jemand sagt Dinge zu Dir,
die Dir im Herzen weh tun.
Im Laufe des Tages
spürst Du die Schmerzen nicht mehr.

Am nächsten Tag
glaubst Du, es ist Selbstverständlichkeit,
daß Menschen nicht respektvoll mit Dir umgehen,
Dich schlecht behandeln.
D u hast ihnen einen Freibrief dafür gegeben.

Aber läßt Du es nicht zu,
daß jemand würdelos mit Dir umgeht,
dann bemerkst Du,
daß es nicht viele Menschen gibt,
die in Dein Leben passen,
die Dich wirklich inspirieren.

Mit dem Respekt, den Du Dir verschaffst,
entscheidest Du Dich für Freude oder Leid.

Manchmal, vor einem Schuhgeschäft ,
versinken Deine Augen sehnsüchtig in den
glänzenden schwarzen Schuhe ganz hinten links...

doch Du gehst weiter...

Tennis

Wir spielen zusammen, und doch gegeneinander.
Jeder ist allein und versucht sein Bestes.
Jeder Ball, der in mein Spielfeld fällt,
ist wie ein Mensch,
und muß anders aufgenommem werden.
Mit Gefühl, mit Druck, langsam oder schnell.

Jeder Ball ist anders,
wie jeder Mensch anders ist.
Trotzdem muß jeder Ball zurück über das Netz.
Für mich heißt das,
ich muß jedem Ball soviel mitgeben,
damit er über das Netz gelangt.
Ein Fehler von mir, und er landet vielleicht im Netz.
Und er, der Mensch?
Ich brauche Zeit und Geduld und Kraft
für jeden Ball, um ihn richtig zu treffen,

Ich brauche Zeit und Geduld und Kraft,
vor allem Liebe, für jeden Menschen,
um ihm genau das zu geben,
was er von mir braucht,
um einen kleinen Schritt im Leben weiter zukommen.
Ich spiele Tennis,
in Wirklichkeit trainiere ich fürs Leben.

Vielleicht bin ich heute krank

An einem Tag,
wenn ich fühle, daß ich krank werden könnte,
wenn sich meine Beine müde anfühlen,
und der Druck in meinem Kopf deutlich zeigt,
daß Kopfschmerzen nicht mehr weit sind,
wenn ich das Kaffeepulver nicht finde,
obwohl es vor meinen Augen steht,
wenn ich nach dem Duschen und Haarekämmen,
mich im Spiegel noch nicht erkennen kann,
an einem Tag wie diesem,
muß ich mir besonders viel Liebe geben.

Aus dem Kleiderschrank
hole ich nur meine absoluten Lieblingskleider.
Die Kleider, die ich direkt auf der Haut trage,
müssen sich weich an meine Haut schmiegen,
als fühlten sie genau,
wie gut mir diese zarte Berührung tut..

Heute kann ich nur die weißen Socken
mit dem schwarzen Schaf anziehen.
Ich erinnere mich an den Tag, als ich sie kaufte.
Ich habe sie in Freude mir selbst geschenkt.

Beim Anziehen dieser Socken glaube ich,
diese Euphorie mit einem Hauch zu spüren,
sie macht sich als warmes Gefühl in mir bemerkbar.

Die Jeans, die ich anziehe, paßt auf,
daß sie mir nicht in den Bauch drückt.
Nicht heute.
Ein weites Sweatshirt wird mich begleiten.
Völliger Freiraum,
den ich mir heute gerne zugestehe.
Es ist grün. Die Farbe Grün beruhigt mich.
Meinen Kaffee trinke ich aus meiner Lieblingstasse,
auch wenn ich sie erst spülen muß.

Heute will ich auf all die Dinge achten,
auf die ich sonst nicht immer achte.
Ich zeige mir selbst, wie wichtig ich mir bin,
daß ich mich brauche.
Gut, daß ich immer für mich da bin.
Heute lasse ich mich von niemandem ärgern,
von niemandem hetzen,
ich renne nicht zum Telefon...
Ich gebe mir Zeit.
Die Zeit, die mein Körper braucht,
um sich wohl zu fühlen,
die er vielleicht an den Tagen davor vermißt hat.

Wenn ich mir selbst
soviel Respekt und Liebe entgegen bringe,
reagieren auch meine Umwelt,
meine Mitmenschen darauf.
Gerade dann bringen sie mir
Verständnis und Achtung entgegen,
wie paradox.

Mitten im Tag lege ich mich
in mein kuschelweiches, warmes Bett.
Nach meinem Mittagsschlaf stehe ich auf...
Ich fühle mich seltsam leicht.
Eine Kopfschmerztablette...?
... brauche ich jetzt nicht mehr.
Ich fühle mich nicht mehr krank.
Es packt mich eine Arbeitswut.
Ich könnte die Welt einreißen ...

Manchmal brauchen wir Menschen
nur ein bisschen Zuwendung.
Oft denken wir nicht daran,
daß wir uns diese Liebe und Kraft
auch selbst geben können.

Bügeln heißt denken, fühlen, leben...

Ich bin in meiner Waschküche,
vor mir und hinter mir Berge mit Kleidungsstücken.
Links ein Korb mit unzähligen Strümpfen,
doch rechts von mir, auf der Fensterbank,
steht eine dampfende Tasse Kaffee.
Manchmal steht da auch ein Gläschen Sekt.
Was immer dort steht, ist ein Kassettenrekorder
mit meiner derzeitigen Lieblingsmusik.
Papier und Fuller für neue Gedanken liegen bereit.
Ich denke darüber nach,
welcher Mensch sich hinter dieser Musik versteckt.
Über seine Texte lerne ich ihn kennen,
einige seiner Gedanken spiegeln sich in meinen.
Das gibt mir Kraft, und ich fühle mich wohl.

Ich bügle gerade.
Es ist ein Hemd von meinem kleinen Sohn.
Es macht Spaß, dieses Hemd zu bügeln,
plötzlich bin ich mitten drin in dem Tag,
als wir es kauften, Papa, Mama und Bruder Norman.
Im Bekleidungsgeschäft fiel es uns
sofort in die Augen.
Wir mußten es kaufen.

Der Schneider mußte persönlich
am Charakter und der Figur unseres Sohnes
Maß genommen haben, so schien es.
Mit diesem Bewußtsein geht er,
diese kleine Person, durch sein Leben.
Und er spürt die Faszination, die er in uns auslöst,
wie seine Umwelt auf ihn reagiert.
Das gibt ihm viel Selbstbewußtsein.

Alle unsere Kleidungsstücke, fast alle,
sind so gekauft worden.
Die, die es nicht waren,
wanderten zur Kleidersammlung.
Es gab ein Tag, da mußten sich
alle Kleidungsstücke der ganzen Familie
meinem Gedankentest unterziehen.
Sind sie mit Liebe gekauft worden ?
Werden sie mit Freude getragen ?
Fühlen sie sich auf der Haut gut an?
Jedes Kleidungsstück,
das den Test nicht bestanden hat,
war schneller denn je im Rot-Kreuz-Sack.
So kann ich unsere Schränke öffnen,
und egal was ich heraushole,
es ist immer ein Lieblingskleidungsstück.

Es wird deshalb mit Spaß getragen,
mit Freude gewaschen und gebügelt,
würdevoll in den Schrank gelegt.

Dann trinke ich ein Schlückchen
von meinem Kaffee. Ah, tut das gut !
Und ich singe zu der Musik,
die gerade den tiefsten Punkt in mir getroffen hat.
Plötzlich fühle ich mich selbst.
Ausgerechnet beim Bügeln kann ich mich fühlen.
Ich erkenne den klaren Sinn aller Dinge,
die ich mache ...mein Kopf voller neuer Ideen ...
Ich fühle mich gut in meiner Haut,
ich kann mich richtig gut leiden.

Es scheint,
als hätte ich den richtigen Zeitpunkt
zum Bügeln gefunden.
Draußen scheint keine Sonne,
die Kinder sind gut versorgt.
Ich bin nicht müde, nicht hungrig.
Das Einzige, das ich jetzt wirklich tun möchte,
ist bügeln ...
Ich koche uns ein gutes Mittagessen.
Rechts neben mir
steht eine dampfende Tasse Kaffee.
Manchmal ist es auch ein Gläschen Sekt...

Ein Rätsel

Du wolltest sie lieben, diese Frau,
um alles in der Welt,
jetzt wolltest Du es schaffen.
Deine Freunde haben Dich darin nur bestärkt.
Sie sagten, „ es liegt an Dir,
ob Du so sehr lieben kannst."
Die Aufgabe ist nicht leicht,
die Lektionen erdrückend und zermürbend.

Jedesmal,
wenn Du wieder anfängst, sie lieben zu wollen,
gibst Du Deine Persönlichkeit an ihrer Pforte ab.
Sie sagt, sie will das so.
Doch bedenke,
es ist nur das leise Echo ihres Egos,
das sich mit diesem Wunsch
immer wieder zu Wort melden will.

Sie, ihr Herz,
möchte einen Mann,
der nur so ist,
wie er wirklich ist.
Nicht so, wie sie ihn formt.

Wer von Euch löst jetzt diese Rätsel?

Sie,
die sagt,
„ich möchte Dich lieben
und dabei Dich so sein lassen,
wie Du wirklich bist,
denn gerade das ist es, was ich an Dir liebe."

Du,
der Du sie lehrst:
„ Ich liebe Dich,
doch ich bleibe wie ich bin!"

Kann s i e Dich jetzt noch lieben?

S i e löst das Rätsel.

Dein Lösungswort heißt dann Entscheidung.

Holzkisten

Sie weiß, daß er sie liebt,
und er weiß, daß sie ihn liebt.

Aber aus dem Wissen heraus
kann sie nicht alle Kraft schöpfen,
die sie für ihr Leben braucht.
Sie möchte die Liebe l e b e n,
und das sagt sie ihm immer wieder.

Er kann aus diesem Wissen heraus
auch nicht alle Kraft schöpfen, die er braucht,
aber er fragt nicht danach.
Die Hektik des Alltags
läßt ihm scheinbar keine Zeit dazu.
Damit kann er sich die nächsten Jahre
noch entschuldigen.

Die Zeit geht weiter. Jahre vergehen.

Sie weiß, daß er sie liebt,
und er weiß, daß sie ihn liebt.

Aber sie leben die Liebe nicht.

Sie waren doch im Sommer zusammen im Urlaub,
rechtfertigt er sich vor sich selbst.
Aber in dieser Zeit holt man nicht alles nach,
was man jeden Tag versäumt hat,
denkt sie.

Für die Liebe muß man jeden Tag, ja, jeden Tag,
einen Schritt auf den anderen zugehen.
Auch wenn es nur ein kleiner ist.

Aber sie trinken doch jeden Morgen
zusammen Kaffee.
Nach dem Frühstück wissen sie nicht mal,
wie der Kaffee geschmeckt hat...
Was sie auch tun, sie tun es unbewußt.
Es sind nur ihre Körper, die da am Tisch sitzen.
Sie fühlen nicht, daß sie sich lieben.

Ihre Liebe und ihre Gefühle hatten die beiden schon vor
längerer Zeit im Keller
in zwei alte Holzkisten gesteckt.
Da stehen sie gut, und es lohnt sich nicht, sie wegen
jeder Kleinigkeit aufzumachen.

Es ist doch viel einfacher so.
Es tut auch gar nicht weh.

Ein schönes, ruhiges Leben, wenn man sich nicht
mit seinen Gefühlen auseinandersetzen muß.

Aber sie weiß es.
Er weiß es auch, aber er fragt nicht danach.
Noch denkt er,
die Arbeit im Geschäft ist sein Leben.

Aber einmal fühlte er sich gar nicht gut.
Er dachte an das, was der Arzt ihm gesagt hat.
Er ging in den Keller
und suchte nach seiner Holzkiste.
Ein paar Gefühle könnten ihm jetzt gut tun.
Als er sich im Keller umsah, bemerkte er,
daß ihre Kiste geöffnet war,
sie war leer.
Er war schon so lange
nicht mehr im Keller gewesen.
Zu lange!

Wie lange war ihre Kiste wohl schon leer?

Hatte sie ihre Gefühle tatsächlich schon geholt,
und er hat nichts davon gemerkt?

Eine Tasse Kaffee

...“ Ich habe solche Rückenschmerzen,
daß Tabletten und Spritzen nicht mehr wirken...,
ich könnte verzweifeln .“

...“ Du bringst Deinem Chef eine Tasse Kaffee!
Machst Du das wirklich gerne...?“

Ach so, Du hast darüber noch nie nachgedacht.
Du versuchst nur alles recht zu machen.
Stimmt das?
Du gibst Deine Persönlichkeit auf,
nur um es anderen recht zu machen?
Was willst Du damit bewirken?
Welche Vorteile könnten Dir
in bester Weise entstehen? Sind sie es wert?
Du beugst Dich, drehst Dich, wendest Dich,
bis alles so sauber und perfekt ist,
wie es jemand von Dir erwartet.
Wer ist dieser Jemand überhaupt ?

Immerhin hast Du angefangen,
Dich mit Deiner Seele zu beschäftigen.
Wenn Du einmal damit angefangen hast,
führt kein Weg mehr zurück.
Jetzt mußt Du Deinen Weg nach vorne gehen.

Deine Seele ist deshalb so freundlich
und zeigt Dir diesen Weg.
Sie kann es momentan nur über die Signale
Deines Körpers tun,
denn Du kennst ihre Sprache noch nicht.
Wenn sie schon manchmal versucht hat,
leise mit Dir zu sprechen, hast Du nie zugehört.

Doch jetzt zu meiner Frage.
„ Machst Du diesen Kaffee für Deinen Chef gerne?"
„Ja?"
Okay, es ist in Ordnung.
Aber tue es mit dem ganzen Herzen,
s e i das Kaffeemachen.

Geh raus,
kaufe eine besonders aromatische Kaffeesorte,
verwende gutes Filterpapier,
mache den besten Kaffee,
den Du jemals gemacht hast,
genieße die Zeremonie des Kaffeemachens.
Nimm eine schöne Tasse,
vielleicht eine Serviette...
Vielleicht braucht Dein Chef Milch zum Kaffee,
nimm die in der schönsten Verpackung.
Zucker? Gibt es auch in Herzform...

Mache absolut alles, was man tun kann,
damit diese Tasse Kaffee
für Deinen Chef ein Erlebnis wird.

Mache es fröhlichen Herzens,
mit einer Leichtigkeit,
als wäre dies das Einzige, was Du zu tun hast.

Mach e i n m a l etwas von ganzem Herzen...

...das alleine würde reichen,
um dem Tag einen Sinn zu geben.

Oder mache n i e m e h r
einen Kaffee für Deinen Chef.

Lüge Dich nicht mehr an.

Meine Fahrt zur Arbeit

...und wieder sitze ich im Auto,
auf dem Beifahrersitz
eine kleine Thermoskanne mit Kaffee,
und ein Honigbrot, frisch zubereitet.

Ich fahre aus der Garage heraus,
lege die Kassette ein,
die wir im Urlaub immer gehört haben,
Curtis Steiger, gefühlvoll, durchdringend,
und es ist wieder Urlaub,
Freiheit in Harmonie, Frieden in mir.
In dieser Harmonie fahre ich,
es fährt mich.
Ich lebe.

Ich sehe die Bäume,
die ich nicht immer sehe.
Ich sehe die Sträucher am Wegesrand,
die meine Musik heute zu hören scheinen.
Ich meine, alle Autofahrer zu kennen, wir sind eins.
Ich fahre langsam, kein Verkehrshindernis,
nur langsam.

So kehrt immer noch mehr Ruhe in mich ein.

Drei Autos fahren hinter mir.
Sie haben es eilig.
Ich halte kurz an, und lasse sie vorbei,
nehme die Gelegenheit,
um mir ein Tässchen Kaffee zu gönnen.
Hm, das Honigbrot schmeckt gut.
Jetzt erst fahre ich weiter,
um die selben Autofahrer
an der Ampel wieder zu treffen,
die gerade an mir vorbeigefahren sind.

Ich fühle mich sehr ruhig,
dem Tag gewachsen.
Aus diesem inneren Gleichgewicht heraus
gestaltet sich der Tag
im Lebensfluß, ohne Widerstand.
Alle Dinge, die wichtig sind,
kommen auf mich zu.

In diesen Tagen geht es mir gut.
Ich halte diese Gefühle fest,
um sie mit Dir zu teilen,
vielleicht bei Deiner nächsten Autofahrt.

" Die Seelen gehen spielen "

Unterwegs mit Dir, meiner Seele,
bin ich zufrieden,
frei und ausgeglichen.
Die Welt gehört mir.
Doch ich muß hören, was Du sagst.
Tue ich das nicht,
ziehst Du Dich zurück.
Du bist so gefühlvoll und empfindlich,
wie eine zarte Blume,
einfach und schön.
Wenn ich Dich einmal mitnehmen darf,
trage ich für immer
Verantwortung für Dich.
Was Du von mir verlangst,
ist nur die Treue zu mir selbst,
die Treue zu meinem Weg.
Konzentriere ich mich zu sehr
auf die Dinge anderer Menschen,
geht es Dir oft tagelang schlecht.
So schlecht,
daß Du nicht mehr mit mir sprechen willst.
Dann fühle ich mich so einsam,
so traurig,
voller Sehnsucht...
Seele, es tut mir leid.

Mein Leben !

Mein Leben

Ich bin 37 Jahre alt. Zwanzig Jahre davon war ich krank. Ich hatte eine fortschreitende Darmerkrankung und keine sehr hohe Lebenserwartung. Aber ich bin gesund geworden. Ich habe es geschafft. So möchte ich mit meinen Worten in diesem Buch die Hoffnung geben, daß im Leben vieles möglich ist, wenn man nur an sich selbst glaubt, wenn man mit Freude und ein bißchen Humor durch das Leben geht, wenn man seine eigenen Gedanken annimmt und sie lebt, sich mit seinem besten Freund, der Seele, auf den Weg macht.

Als ich zwölf Jahre alt war, brachte mich der Direktor der Schule nach Hause. Er trug mich den steilen Berg unseres Grundstückes hoch, denn ich konnte vor Bauchschmerzen nicht mehr laufen. An diesen Tag denke ich noch heute, es war der Anfang meiner Schmerzen, meiner Krankheit, unbewußt auch meiner Suche zu mir selbst.
Ich habe immer geglaubt, was Menschen sagen, getan was sie denken, zwanzig Jahre lang und ich weiß nicht warum. Ich wollte alles richtig machen. Als Kind war mir nicht klar, daß ich über mein Leben selbst entscheide, daß ich Verantwortung trage für diesen Körper, für mein Wesen.

Ich wußte immer genau, wo ich mich wohl fühlte, und an welchen Plätzen, bei welchen Leuten ich mich völlig unwohl fühlte. Ich spürte die Ausstrahlung der Menschen, ich fühlte, was sie denken. Unbewußt nahm ich es in mich auf, als meine Gedanken, meine Gefühle und so auch als meine Krankheiten. Ich selbst ging dabei irgendwie verloren. Dieses Mädchen, das ich dadurch wurde, war nicht mehr ich. Die Frau, die ich werden sollte, soweit von mir entfernt. Meine Gedanken über die Welt, meine Ideen, meine Sehnsucht, nur Liebe und Freude zu geben und zu leben, wurden allmählich überdeckt, mehr und mehr. Bewußt war mir das nicht. Ich war noch so jung.

Diese Offenheit, zu fühlen, was andere fühlen und denken, waren meine eigentlichen Stärken. Sie wurden mir zum Verhängnis, weil ich sie nicht erkannte.

Mein Körper verzieh mir das nicht. Er reagierte darauf. Am Anfang mit Appetitlosigkeit und Übelkeit, dann energischer mit Schmerzen.

Meine Seele versuchte mit Macht, mir etwas über meinen Körper zu signalisieren. Die Zeichen wurden stärker, die Schmerzen schlimmer.

Mit 17 Jahren wurde mein Blinddarm entfernt. Die Bauchschmerzen blieben. Weitere Operationen waren geplant. Ich glaube, es verging keine Woche, in der ich nicht bei irgendeinem Arzt war. Alle wollten herausfinden, warum ich solche Schmerzen hatte.

So verbrachte ich meine schöne Jugendzeit bei Ärzten. Darmspiegelungen und sämtliche unangenehmen Untersuchungen, die sich Menschen ausdenken können, um in meinen Körper

hineinzugelangen, waren bei mir an der Tagesordnung. Nebenbei wurde ich reichlich mit Tabletten und Zäpfchen und Spritzen versorgt.
Jeder Arzt versuchte sein Bestes an mir. Es waren gute Ärzte, aber wie sollten sie erkennen, was meine Seele wollte?
Mit neunzehn sagte mir endlich ein Arzt, " Sie haben Morbus Crohn ! " Super, endlich hatten meine Schmerzen einen Namen. Das hat mich irgendwie beruhigt.
Wenn ich heute krank werde, brauche ich keinen Namen dafür. Wichtig ist nur die Frage, „ was will mir meine Krankheit sagen ? "
Damals bedeutete es, ein Leben lang mit Medikamenten zu leben, in Abständen immer den Teil des Darms entfernen zu lassen, der nicht mehr heilt. Keine guten Aussichten.
Ich begann mit sechzehn Tabletten am Tag. Kein Tag verging, an dem ich nicht Bauchschmerzen hatte, oder an dem es mir nicht schlecht war. Ich wußte nicht, wie es ist, einfach etwas zu essen, ohne davon Übelkeit oder Bauchschmerzen zu bekommen.
Die Ärzte erzählten mir von einer geringen Lebenserwartung, die ein Mensch hat, der am Tag zwanzig bis dreißigmal auf die Toilette geht, und das einzige, was es dort zu sehen gibt, ist Blut, wie aus dem Wasserhahn.
Der Zustand meines Körpers war kritisch, meine Laune jedoch war gut. Ich dachte oft, es ist gar nicht wahr, daß ich so krank bin.

Die Hosen wurden eine oder zwei Nummern größer gekauft, so konnte ich mühelos meinen geschwollenen Bauch immer verstecken.
Diese Lebenseinstellung hat mir die letzten zwanzig Jahre geholfen. Mein Darm war nie ein Grund, irgend etwas im Leben nicht zu machen.
Dann traf ich Menschen, die fanden meine mit Stolz erzählte Lebenseinstellung überhaupt nicht toll.
" Schön, sich so im Griff zu haben, "sagten sie, "doch was ist mit Deinem Körper? Du hast nur diesen einen. Auf die Dauer wird er Dir das nicht verzeihen."
Ich hatte meinen Körper gar nicht mehr ernst genommen. Seine Schmerzen, die Blutungen, die Übelkeit, sie waren so selbstverständlich für mich, daß ich nicht auf die Idee kam, daß es anders sein könnte.
Heute erkenne ich, Körper, Seele und Geist gehören zusammen. Als Kind war mir das natürlich nicht klar. Ich versuchte nur das zu tun, was man mir sagte. Mit zwanzig Jahren war ich noch nicht viel schlauer. Ich konnte nicht erkennen, daß mir mein Körper ständig signalisierte, Harmonie in meinem Leben zu schaffen. Es reichte, einfach nur K r i s t i n e zu s e i n .

Mit der Zeit der ständigen Schmerzen hat mein Körper sich selbst geholfen. Zum ersten Mal bemerkte ich mit dreiundzwanzig Jahren, daß meine Gedanken fortflogen, weit weit weg. Ich war so müde, wollte mich in der Mittagspause kurz entspannen, und ließ den Kopf auf meinen Schreibtisch sinken. Dann schlief ich ein, und doch nicht ein. Es war mir bewußt, daß ich im Raum war, und gleichzeitig in einer anderen Welt. Ich könnte es Paradies nennen.

Da waren Pflanzen in den schönsten, mir manchmal noch nicht mal bekannten Farben, bunte Vögel, herrliche Klänge. Seit dem Tag passiert es immer, wenn ich mich entspanne, im Geschäft, im Auto, beim Sonnenbaden ... egal, wo ich bin. Ich mache die Augen zu, zack eine Minute später bin ich weg. Es geschieht immer ganz von alleine.

Da wo ich dann bin, ist alles gut, alles schön. Es gibt dort nur Freunde und Liebe und Harmonie. Ich habe immer das Gefühl, zu dieser Zeit mit allen Menschen, die mich lieben, gleichzeitig zusammen zu sein. Ich erlebe Zustände der absoluten Harmonie und Glückseligkeit.

Nach so einer kurzen Reise wache ich auf, keine zehn Minuten sind vergangen, aber es ist, als hätte ich eine Ewigkeit in der Harmonie verbracht. In dieser Zeit erhalte ich viele Intuitionen. Ich kann auch vor meinem „Schlaf" gezielte Fragen an mein Unterbewußtsein stellen. Nach dem Schlaf sind sie beantwortet. So aufgetankt, kann ich den Rest des Tages mit viel Kraft und positiver Lebenseinstellung weiterleben.

Wenn ich heute meinen Tag lebe, und ich merke, es geht mir langsam die Kraft aus, mache ich eine kleine Pause, und versuche kurz in meine Meditation zu kommen.

Es funktioniert immer. Wenn ich die Augen öffne, bin ich voller Energie. In den Zeiten meiner intensiven Krankheit hat mir diese Kunst, einfach alles los zu lassen, sehr geholfen, mich vielleicht gerettet.

Dieser losgelöste Zustand, in den ich mich jederzeit versetzen konnte, bewirkte auch, daß mir die Realität aus den Händen zu gleiten schien. Oft wußte ich nicht, was die eine Wirklichkeit und was die „andere" Wirklichkeit war. Doch mein Leben wurde reicher. Es war ausgefüllt mit Empfindungen und Gefühlen und neuen Gedanken. Mein Verstand wußte nicht, wie ihm geschah, doch diese Art zu leben, an der Grenze der Realität, gab mir Kraft, und die brauchte ich.

Um meinen Körper kümmerte ich mich immer noch nicht. Es lief doch alles ganz gut. Ich war stolz, trotz der Krankheit so viel bewirken zu können.

Ich machte sehr viel Sport. Ich habe alles aus mir herausgeholt. Ich wollte es wissen, beim Tennis, beim Skifahren, beim Surfen, beim Schwimmen.

Durch die Verbindung mit dem Geistigen hatte ich unglaublich viel Kraft. Heute weiß ich, daß ich die Leistung bringen kann, aber nicht muß. Unglaublich, zu was der Mensch alles fähig ist.

Dann bemerkte ich, daß ich alles verloren hatte, was mir wichtig war. Angefangen mit dem ersten kleinen Diamantring, von meinem Mann. Ich habe ihn getragen, dann habe ich geduscht, dann war er weg. Spurlos verschwunden.

Ich hatte nicht das Gefühl, daß ich damit etwas zu tun hatte. Meine Patentante sagte mir, „es wird Zeit, daß ich Dir diesen Elfenbeinring schenke. Es ist ein Erbstück, und Du sollst ihn haben."

Ich ziehe ihn an. Im Beisein meiner Geschwister sagte ich, " Schaut mal, was ich für einen tollen Ring bekommen habe ", und streckte dabei meine beiden Hände so aus, wie eine Eiskunsttänzerin nach der Kür, und schwupp, weg war er. Es war nur ein kleiner Raum, alle suchten nach dem Ring, doch er blieb verschwunden.

So ging das jeden Tag mit mir, und ich kam mir dabei ganz unschuldig vor. Mehr und mehr glaubte ich, daß sich auch meine Seele und ihre Helfer in mein Leben einmischten. Auch sie wollten mir helfen, zu verstehen, endlich die Materie zu begreifen.

Ich hatte in der Zeit öfters kleinere Unfälle mit meinem Auto. Ich hatte immer Glück. Fast alle Haushaltsgeräte gingen in meinen Händen kaputt. Drei Bügeleisen in einem Jahr machten mich stutzig.

Heute begreife ich, die Dinge die um mich geschehen, haben mit mir zu tun. Sie spiegeln das, was ich bin. Wenn ich versuche, sie zu verstehen, kann ich mir selbst ein bißchen näher kommen.

Auf meinen Körper bezogen, paßte das in mein Leben. Ich hatte keinen Sinn für die Materie, deshalb ging sie

mir verloren, keinen Sinn für meinen Körper, deshalb wurde er krank. Ich fand mich so super. Ich wollte nicht gesund werden. Ich sagte immer, ich brauche meine Krankheit, denn sie zeigt mir meinen Weg.
So lernte ich, immer nur das Richtige zu essen. Als Strafe dienten meine Bauchschmerzen, wenn ich mal etwas „Falsches" gegessen hatte. Ich mußte immer einen regelmäßigen Schlaf haben, keine exzessiven Phasen durchleben, nicht unglücklich sein...
... n i c h t u n g l ü c k l i c h s e i n , das waren die Zauberworte. Das erreichte ich nur, wenn ich alles bewußt lebte und genoss und nur das tat, was ich auch wirklich tun wollte. Wenn ich bei allem meinem Tun die Liebe als Basis und Maßstab nehme. Wenn ich mein Ziel nicht aus den Augen verliere, und dieses Ziel heißt, in H a r m o n i e z u l e b e n .
Langsam fing ich an zu begreifen, daß ich in den Jahren alles gelernt hatte, was ich lernen mußte, um mein Leben zu leben, mich gut zu ernähren, richtig zu schlafen, alles positiv zu sehen. Die Krankheit hat mir geholfen das Wesentliche im Leben zu erkennen.

Ich hatte schon lange damit aufgehört, Tabletten und Zäpfchen zu nehmen, mein Darm blutete mit und ohne Medikamente, also was sollte es.
Ich war dreiunddreißig, als ich dem Thema Reiki und Renate, meiner Reiki-Lehrerin begegnete. Reiki ist

universelle Lebensenergie. In Reiki eingeweiht, lernt man, sie zu kanalisieren, in sich aufzunehmen, durch sich hindurchfließen zu lassen, um sich selbst und anderen damit Energie und Kraft zu geben. Durch das Auflegen der Hände, auch allein durch die geistige Vorstellungskraft war es möglich, neue Kraft durch mich hindurchzuleiten. Ich bekam wieder Interesse, etwas für meinen Körper zu tun.
Reiki war der Anfang eines neuen Lebens in mir. Ich war in totaler Euphorie. Ich lernte meditieren, das fiel mir ja nicht schwer. In mir war ein Gefühl, als ob sich das Wissen aller Bücher, die ich in den vielen Jahren gelesen hatte, alle meine Erfahrungen, zu einem Ganzen zusammenschlossen. Ich erkannte die Zusammenhänge der Dinge.
Ich wollte alles von Renate wissen, alles lernen. Ich wollte allen Menschen helfen. Wie immer, kam mein Helfersyndrom, allen alles recht zu machen, zum Vorschein.
Doch Renate sagte zu mir, Du mußt erst selbst gesund sein, bevor Du anderen helfen kannst, erst dann kann ich Dich noch vieles lehren.
Ich wollte für mein Leben gerne alles über Reiki lernen, alles über die Möglichkeiten, die wir Menschen haben, um uns selbst und andere zu heilen. Ich wollte plötzlich gesund werden.
I c h w o l l t e g e s u n d w e r d e n.
Dieser Wunsch war zum ersten Mal in dieser Stärke in mir, in dieser Überzeugung, mit diesem Willen. Dieser

Wunsch kam von ganzem Herzen, in vollkommener Klarheit über die Wahrheit darüber, warum ich krank war. Es war nur ein Moment und in diesem Moment rollte mein ganzes Leben vor mir ab.
In diesem Moment wußte ich, daß ich gesund sein wollte, daß ich gesund sein werde.

Ein Tag, nachdem Renate zu mir sagte, " Werde gesund ", passierte es. Ich erwarte nicht, daß es jemand glaubt, weil ich es selbst nicht glauben kann. Die Blutungen hörten auf. Genau zu diesem Zeitpunkt, als ich beschlossen hatte, gesund zu werden, hörten meine Blutungen auf. Seit diesem Tag, habe ich nie mehr Darmblutungen oder diese typischen Schmerzen im Bauch gehabt. Ich war vierunddreißig Jahre alt. Ich konnte es fast nicht begreifen. Von einem Tag auf den anderen war ich geheilt.
Meine Gedanken, meine Liebe und Kraft haben ausgereicht, etwas in meinem Leben total zu verändern.
Es war eine Transformation.

Diese unglaubliche Tatsache, daß es genug ist, einfach nur zu wollen, und dann passiert es ...versetzt mich immer wieder in Staunen. Ist es nicht herrlich zu wissen, daß wir die Kraft in uns haben?
Dieses Wunder wirkt in mir, und ich weiß ganz klar: Nichts ist so, wie es scheint. Alles kann verändert werden. Ich bestimme den Zeitpunkt, wann sich etwas

verändern soll. Aber ich muß es w o l l e n.
Mein innigster Wunsch, mit dieser Heilkunst Reiki gesund zu werden war so stark, daß die Macht meiner Gedanken ausreichte, und ich ohne Reiki gesund wurde. Ein Paradox. Doch das Leben ist so, einfach und verrückt, verrückt schön. Um das alles zu verstehen, bin ich einen steinigen Weg gegangen.
Reiki begleitet jetzt mein Leben, und wirkt als zusätzliche Kraft, die wir Menschen immer brauchen. Sie bringt mich in meine Harmonie. Sie macht mich ruhig.
Wenn ich mein Leben mit dem Jetzt vergleiche, merke ich, wie weit ich von mir selbst entfernt war. Trotzdem vergeht kein Tag, an dem ich nicht versuche, mich noch besser zu verstehen. Ich weiß, daß ich mein ganzes Leben damit beschäftigt bin, und diese Aufgabe gefällt mir.

Ich fange an noch genauer zu beobachten, welche Dinge zu meinem Leben gehören und welche nicht. Wo fange ich an mein Leben in Ordnung zubringen? Bei mir selbst, und immer nur bei mir selbst. Ich konzentriere mich auf mich und was ich tue. Das ist mein wichtigstes Gesetz. Es ist das Natürlichste der Welt. Nur so zu sein wie man ist, so zeigt es uns die Natur. Ein Baum verhält sich wie ein Baum. Ich bin Kristine, also reicht es, nur so zu sein, wie ich bin. Wenn man das nachlebt, sich auf sich selbst konzentriert, geschieht das Wunder, daß es gleichzeitig auch das Richtige für andere Menschen ist.

Ich versuche, in meiner Ruhe zu bleiben, nur Liebe und Wahrheit in mich eindringen zu lassen. Manchmal passiert es jedoch, daß ich mich hinreißen lasse von der Hektik der anderen Leute, von ihrem Gerede. Dann werde ich krank. Ich bekomme Kopfschmerzen, oft tagelang. Ich bekomme Rückenschmerzen, als wenn jemand schwere Lasten auf mich gelegt hätte.
Zum Glück schaltet sich mein Kristine-Reflex doch noch rechtzeitig ein, der mir zeigt, he, Du kommst von Deinem Thema ab. Hat das denn mit Dir zu tun?
Welche Bedeutung hat das für Dein Leben, welchen Grund gibt es, in Hektik irgend etwas zu erledigen? Ich danke mir selbst, daß ich wieder aufgewacht bin. Jetzt kann ich meine Sensibilität richtig einsetzen, und sie hilft mir, mein Leben zu finden.
Mit der Zeit lasse ich mich immer weniger aus der Ruhe bringen. In all den vergangenen, verrückten dreißig Jahren, habe ich gelernt, mit meinem Geist, mit meiner Seele, und zuletzt endlich mit meinem Körper umzugehen. Jetzt weiß ich, das es das wirklich gibt, dieses Gleichgewicht. Es ist ein Traum, es leben zu dürfen. Aber man muß dafür hart arbeiten. Man darf nie mehr damit aufhören, jeden Tag einen Schritt weiter auf seinem Weg zu gehen.
Ich habe viele Menschen getroffen, die mir in meinem Leben weiter geholfen haben. Die Eigenschaften anderer zeigen mir Aspekte von mir. Gefallen sie mir nicht, suche ich in m i r nach der Lösung. Die Menschen sind meine

Helfer. Ich lerne gerne von ihnen. So geschieht es, daß jede Lebenssituation lebenswert für mich wird, denn sie beinhaltet eine Aufgabe für mich.

Meine Gedanken in der letzten Zeit ließen Texte entstehen, die ich in diesem Buch festgehalten habe.
Sie erzählen Lebenssituationen, und wie meine veränderte Lebenseinstellung mich immer wieder auf den Weg zu mir selbst bringt.
Ich freue mich, daß Du diese Worte liest, sie Dich vielleicht hintragen zu Deinen Gedanken und Gefühlen, die darauf warten, von Dir gelebt zu werden.

Begegnung mit mir

Ich bin auf die Welt gekommen,
und ich war schon Ich,
doch mir hat keiner etwas davon gesagt.
So machte ich mich auf den Weg, mich zu suchen.

...ich bin sehr in Eile,
gerade von der Arbeit heimgekommen,
fahre ich schon wieder fort, um einzukaufen.
Noch etwas habe ich vergessen,
und wieder renne ich los zum nächsten Laden ...
... da sehe ich die alte Frau
mit zwei riesengroßen Einkaufstaschen
den Berg hinauflaufen.
Plötzlich verschwindet jedes Zeitgefühl,
damit auch jede Hektik.
Ich frage sie, ob ich sie nach Hause bringen kann.
Sie freut sich darüber. Sie redet nicht.
Als sie aussteigt,
schenkt sie mir einen dankbaren Blick,
ein flaches Lächeln,
in dem ihr Leben beschrieben steht,
dazu ein Funken Hoffnung.
Dieser Blick ist ihr Geschenk an mich.
Ich hatte plötzlich das Gefühl,
etwas im Leben richtig gemacht zu haben.

Und ich weiß das ganz genau.
Dieses Gefühl, dieses unglaublich schöne Gefühl,
ist mein Maßstab.
Wenn es auftaucht, bin ich auf dem richtigen Weg.

Ich möchte gerne
viele dieser Augenblicke erleben.
Sie sind wie kleine Ewigkeiten, halten die Zeit an,
geben mir sehr viel Kraft.
Um sie zu erleben,
muß ich auf ein Gefühl in mir vertrauen.

Aber bald holen mich wieder
die Alltagsprobleme ein.
Ich weiß nicht, wo ich zuerst anfangen soll.
Das Haus saugen, Blumen gießen,
Böden wischen, Kleider waschen?
Soll ich die Treppe kehren, Essen kochen,
oder meinem Sohn bei den Hausaufgaben helfen?
Meine Worte sind gereizt, fast ungerecht,
in meinem Kopf ein einziges Durcheinander...

...da rettet mich mein kleiner Sohn auf seine Art.
Er schneidet sich in den Finger,
diesmal stark, es blutet sehr.
Ich werde plötzlich ruhig. Mein Kopf ist ganz klar.
Ich weiß, was wichtig ist.

In dieser Ruhe
und einem Gefühl der absoluten Richtigkeit,
mache ich ihm einen wunderbaren Verband.
Er spielt weiter,
im Stillen danke ich ihm.

Den Rest des Tages wirkt dieses kurze Ereignis,
erfüllt mich mit Ruhe und Überlegung.
Komischerweise wird alles Wichtige erledigt.
Und mir bleibt noch Zeit für die Muße.

Ich erinnere mich an meine Jugend,
die mir Zeichen genug gab, zu erkennen,
daß ich Ruhe und Kraft in mir habe,
wenn ich sie in mir suche.
War ich zu jung, sie zu erkennen?
Mußte ich dafür so lange krank werden?

Ich denke an meine Fahrprüfung.
Ich war so aufgeregt und zappelig.
Ich stieg ins Auto und fühlte mich plötzlich
ganz leicht, wie in einem schönen Traum,
als würde ich schon zwanzig Jahre Auto fahren.
Mein Fahrlehrer war wie versteinert
über meine coole Fahrweise.
Der Prüfer sagte nach der Prüfung:

„Sie haben nur bestanden,
weil sie die Ruhe selbst waren".

Ich wunderte mich nur,
daß er nichts sagte,
als ich beim Einparken beinahe ein Auto streifte,
ein Privatgrundstück
mit der Hauptstraße verwechselte...

...Bei den Abschlußprüfungen saß ich da
mit meiner Thermoskanne und meinem Vesper
machte meine Aufgaben
und ging lange vor der Abgabezeit heim.
Wieder war alles wie im Traum, so leicht.
Manchmal muß ich noch lachen,
wenn ich an die entgeisterten Blicke
meiner Mitschüler denke.
Aber ich hatte dieses unglaubliche Gefühl,
gerade etwas richtig gemacht zu haben.

Was ist das eigentlich für eine Kristine,
die mir in meiner Jugendzeit
immer wieder begegnete?
Es gab sie also schon immer.
Ich habe sie nur nicht oft in mir wirken lassen.
Ich habe sie nicht erkannt.

Jetzt ist das anders.
Es ist,
als ob ich nach langem Suchen
meinen besten Freund
wiedergefunden habe.

Es berührt mich.
Ich lasse diesen Freund nie mehr gehen.
All die Jahre
hat er mir so gefehlt.
Überall
habe ich ihn gesucht,
und er war immer da.

Jetzt darf dieser Freund
immer bei mir entscheiden.

Und wenn sich die alte Kristine meldet,
die,
die nicht an sich glaubt,
die,
die immer Hektik macht...

dann nehme ich sie einfach nicht dran.

Mein Fach bin ich

Piloten fliegen Flugzeuge,
Ingenieure bauen Computer,
Musiker machen traumhafte Musik,
Sportler brechen Weltrekorde.
Aber was kann ich?
Viele Dinge kann ich gut, aber nicht perfekt.
Manchmal macht mich das schon unzufrieden.
Ich denke, ich muß noch mehr lernen,
endlich einen Kurs in der Volkshochschule
belegen... doch woher die Zeit nehmen ...?
Es gibt jedoch ein Fach,
in dem ich mich gut auskenne.
Bei diesem Fach kann ich richtig gut sein,
vielleicht sogar perfekt.
Dieses Fach heißt nur: „ I c h sein".
I c h als Individuum.
Mit Respekt für die Schöpfung,
für alles, was lebt.
I c h in der Familie.
Die Person,
die mit Achtung und Würde ihre Kinder erzieht,
sie liebevoll auf ihrem Weg begleitet,
damit sie ihre ganz persönliche Bestimmung
in ihrem Leben finden,

in gutem Wissen darüber,
daß diese Kinder nicht mein Besitz sind,
dankbar, sie auf ihrem Lebensweg
mit meiner Erziehung und Erfahrung
unterstützen zu dürfen.
In mir die Erkenntnis,
daß sie eine hohe Bereicherung
in meinem Leben sind.
I c h als Frau und Partner.
In mir Harmonie, die bewirkt,
Negatives umzuwandeln.
In mir viele Ideen, die uns auf neue Wege führen.
In mir Freude,
Ausgeglichenheit und Humor genug,
um jeden Tag etwas ganz Verrücktes,
etwas Schönes zu erleben.
In mir Liebe und Zärtlichkeit,
die ich nur l e b e n möchte.
I c h im Beruf.
Meine Gedanken und Ideen in Dingen ausdrücken,
die man sehen und anfassen kann, sie erschaffen.
Mit meiner guten Laune, meiner Motivation
die anderen begeistern, sie anstecken,
um gemeinsam neue Aufgaben zu finden,
deren Lösung für die Umwelt, die Menschheit,
und auch für die Firma,
der Gipfel aller Erwartungen sein könnte.

Wenn ich I c h bin,
bin ich richtig gut.
So gut bin ich sonst in keinem Fach.
Was ich dabei erfahre und lebe, schreibe ich auf,
und wie ich so schreibe bemerke ich,
wie sich meine verrücktesten Gedanken
und die Erde verbinden.
Träume werden Dinge zum Anfassen.

Endlich finde ich den Sinn des Ganzen.
Was ich gedacht habe,
habe ich nicht gesagt.
Was ich geglaubt habe,
habe ich nicht gelebt.
Was ich gefühlt habe,
habe ich nicht gezeigt.
Und aus diesem Stau
entwickelten sich schlechte Laune,
Unzufriedenheit und Krankheiten.

Ich habe meinem Leben
den Lebensfluß genommen.
Mein Darm, der selbst ein langer Fluß ist,
reagierte darauf mit einer chronischen Erkrankung.
Die Folge, zwanzig Jahre ein Leben in Schmerzen,
mit Tabletten und Darmspiegelungen.

Ich habe meine kreativen Gedanken
noch nicht mal in Worte gefaßt.
Komischerweise erkrankte ich im dem Bereich,
wo sich meine Sprache entwickelt.
Meine Schilddrüse reagierte mit
mangelnder Funktion.
Die Folge, zehn Jahre Tabletten,
innere Unruhe und Schlaflosigkeit.
Der Stau meiner Gefühle
machte mich krank.
Jetzt lasse ich alles fließen.
Und ich fühle mich frei.
Wenn sich Krankheiten
oder andere Probleme zeigen,
schaue ich,
ob ich vielleicht etwas
im falschen Fach
gelernt habe.
Ich danke Dir, meine Seele.
Im schlimmsten Fall meldest Du Dich
mit Schmerzen und Krankheiten
über meinen Körper,
falls ich versäumt habe,
meiner Intuition zu folgen....

Mein Fach bin ich.

Kinder...

So lebe ich

Heute habe ich vor meinem Haus nicht gekehrt,
na und! Ich wollte kehren,
hatte den Besen schon in der Hand,
um denen, die an meinem Haus vorbeigehen,
einen schönen Anblick zu geben.
Da sehe ich meine zwei Buben auf der Wiese spielen.
Sie spielen Tigermutter mit Tigerkind.
Der Kleine krabbelt auf allen Vieren
und kuschelt sich bei der Tigermutter auf den Schoß,
die ihn zärtlich über den Kopf schleckt.
Ich stelle den Besen zur Seite.
Der Anblick ihrer Gesichter,
die sich gerade schwer von richtigen Tigern
unterscheiden lassen, berührt mich,
und ich schenke mir Zeit, schaue einfach nur zu.
Ihre Leichtigkeit und Zufriedenheit
fließen in meinen Körper und erfüllen ihn.
Den ganzen Tag ist dieses schöne Gefühl
noch in mir, gibt mir Kraft.
Die Straße bleibt mal wieder ungekehrt.
Am nächsten Tag, als ich aus dem Fenster schaue,
sehe ich meinen kleinen Sohn
mit einem riesengroßen Besen auf der Straße.
Er ruft nur:
„Mama, das kann ich schon alleine..."

Sein

Mein Kind,
Du bist der Augenblick, Du bist immer im Jetzt.
Wenn ich Dich beobachte, verschwindet die Zeit.
Es gibt keine Vergangenheit, es gibt keine Zukunft.
Es gibt nur diesen einen Augenblick,
so scheint es,
und in diesen ziehst Du mich hinein.

Dieser Augenblick ist Lachen,
ist Hoffnung,
ist Harmonie,
ist Leben.
Was bleibt ...nur Liebe.
Ich schüttle meinen Kopf,
um wieder wach zu werden.
Aber ich bin doch wach. Wo war ich?

Für diesen Augenblick in der Unendlichkeit,
unglaublich tief eingesogen in Deine Freiheit,
die alles zuläßt, jeden Gedanken, jedes Gefühl.
Wie hast Du das geschafft?
Nur in Deiner Treue zu Dir selbst,
die Du wie selbstverständlich lebst.

Danke für diesen Augenblick.

Falsche Liebe

Mein Sohn, heute muß ich Dir zeigen,
wie sehr ich Dich liebe.
Ich dachte immer, Dich zu lieben heißt,
Dir zu zeigen, daß ich das tue.
Aber es stimmt nicht immer.
Gerade heute,
da ich Dich zum Kindergarten bringe,
Deine Arme sich um meinen Hals schließen,
als wollten sie mich nie mehr loslassen,
wird mir klar,
ich hätte Dich an diesem Tag
meine Nähe nicht so stark fühlen lassen dürfen.
Diese Nähe bindet Dich so sehr an mich,
und es fällt Dir schwer, wenn ich gehe.

So werde ich morgen
meine ganz besondere Zuneigung zu Dir
so zeigen, daß ich weniger auf Dich eingehe,
mich sachlich verhalte Dir gegenüber.
Dann fühlst Du Dich freier,
nicht mehr an mich gebunden,
kannst auf Dich selbst vertrauen.
Wenn ich Dich abhole,
holen wir alle Kuscheleinheiten nach,
das verspreche ich, darauf will ich nie verzichten.

Die Wahrheit

In dieser Nacht
kam unser zweijähriger Sohn in unser Bett.
Schlaftrunken steigt er über uns.
Wenn er dabei jemandem aus Versehen weh tut,
murmelt er im Halbschlaf:
„Ich habe schon Entschuldigung gesagt",
und schläft friedlich weiter.

Dieses kleine Wesen, diese Wärme,
diese Zärtlichkeit, die er ausstrahlt,
diese Vollkommenheit, die er ist,
seinen Respekt,
den er allem und jedem entgegenbringt,
durchfluten mich.

Ich empfinde Dankbarkeit,
daß ich dieses Kind auf die Welt bringen durfte.
Wenn das meine einzigste Aufgabe gewesen wäre,
so wäre es genug.

In dieser Nacht fühlte ich die Wahrheit.
Ich will nur das sein, was ich wirklich bin.
Jeden Tag in meinem Leben,
jeden Augenblick des Tages,
ist es für mich genug, nur ich selbst zu sein.

In den letzten Monaten,
in den letzten Jahren,
suchte ich nach irgend etwas,
das ich aber nie finden konnte,
denn alles, was ich brauche,
habe ich schon in mir.

Ich muß nur Kristine sein.
Ich kann auf die Worte vertrauen,
die mein Herz spricht.
Ich muß glauben, was ich fühle,
immer, und für immer,
und diese Worte darf ich nie vergessen.

In dieser Nacht fühlte ich die Wahrheit.
Ich will nur das sein, was ich wirklich bin.
Jeden Tag in meinen Leben,
jeden Augenblick des Tages.

In der Nacht,
wenn die Gefühle so tief werden,
wird es mir unerschütterlich klar.

Es ist genug, nur so zu sein, wie ich bin...

Selten

Und wenn ich Dir, mein kleiner Sohn, manchmal,
selten,
einen Klaps auf Deinen Popo gebe,
tut es Dir vielleicht weh.
Du warst so müde, so übermüdet,
daß Du nicht mehr wußtest,
was Du tust.
Die Dinge, die Du liebst,
flogen durch die Luft,
und Deine Wut machte auch nicht
vor Deinen Kuscheltieren halt.
Dieser Klaps, Du hast geweint,
doch mir hat er auch sehr weh getan,
weil ich Dich liebe.
Ich liebe Dich so sehr,
daß ich Dein Rufen danach hörte.
Es war für Dich wie eine Erlösung.
Du hast es gewollt, ich habe es getan.
"Jetzt sind wir wieder Freunde,"
sagst Du, und ich lese
Deine Gute-Nacht-Geschichte.
Morgen bringe ich Dich ein bißchen früher zu Bett.

...auch ich habe noch viel zu lernen!

Ich liebe Dich nur

Mein Sohn, ich liebe Dich,
Deine Hände, Deinen Körper, Dein Gesicht.
Jede Bewegung, die Du machst,
jeden Schritt, den Du gehst.
Wie Du lachst, auch wie Du weinst.
Jeden Ton, den Du von Dir gibst,
finde ich schön, so vollkommen.
Ich glaube, es gibt für mich nichts,
das Du schöner und besser machen könntest.
Ich liebe alles an Dir.
Ich liebe den Geruch Deiner Hände,
nach Bonbons und Staub.
Ich liebe den Geruch Deines Körpers.
Deinen Atem nach dem Aufwachen.
Ich liebe jedes Wort, das Du sprichst,
auch Deine abgeschlagenen Ideen.
In diesem Gefühl ist es,
als ob wir uns schon ewig kennen,
Du meine Gedanken und Gefühle selbst fühlst.
Plötzlich, in traurigen Gedanken,
streicheln mich Deine kleinen Kinderhände,
als wenn sie genau wüßten, daß jetzt der
hundertprozentige,
richtige Augenblick dafür wäre...
denn auch Du liebst mich nur...

Mein kleiner Meister

Ich weiß, Du bist es.
Ich habe auf Dich gewartet.
Solange wünschte ich mir,
Dir zu begegnen, meinem Meister,
der mich durch das Leben führt.
Nie hätte ich gedacht,
ihn in meinem Kind zu finden.
Tief in mir fühle ich, es ist wahr.

Vom ersten Tag an, in meinem Bauch,
warst Du ein strenger Lehrmeister.
Du hast mir nicht erlaubt, mich falsch zu ernähren,
zu wenig zu schlafen,
meinen Lebensrythmus zu ändern.
Unzufriedenheit und Traurigkeit
mußte ich von meinem Tagesplan streichen.
Du hast mich gelehrt,
daß es keine schlechte Laune gibt,
daß man jeden Augenblick
so wie er ist, leben kann, ja leben muß.

So mußte ich mein Leben
auf Harmonie und Freude umstellen,
etwas anderes hast Du nicht geduldet.

Auf die Welt gekommen,
gingen Deine Lektionen weiter.
Es hat eine Weile gedauert, bis ich sie verstand.
Neun Monate hast Du die Nacht
zum Tag gemacht, hast nur geschrien,
scheinbar ohne Grund,
bis ich körperlich keine Kraft mehr hatte.

Am Tage warst Du das Lachen.
Dieses Lachen war so stark, so rein.
Es reichte mir, nur diesen Augenblick zu genießen.
Ich wollte nichts mehr erwarten,
nichts mehr wollen.

Demut, Zufriedenheit und Ruhe
kamen in mein Leben,
und Dein Weinen hörte auf, für immer.

Du bist die Wahrheit,
hast in Dir schon die Antwort auf Deine Fragen,
aber auch auf meine.
Du bist Selbstbewußtsein konzentriert.
Ich kann nicht immer die Wahrheit erkennen,
viel zu sehr bin ich Mensch,
und mein Verstand
drängt sich oft in meine Entscheidungen.
Du lehrst mich, ihn richtig einzusetzen,

und läßt Dein Sein nicht von ihm beeinflussen.
Du bleibst immer nur Du.
Faszinierend, diese Kraft in Dir.

Heute bist Du vier Jahre alt.
Ich höre zu, wenn Du mir erklärst,
wie groß die Schleifen
an Deinen Schnürsenkeln sein müssen.
Es ist wirklich wichtig.
Wenn ich nicht erkenne, daß es wichtig ist,
daß auch die Schnürsenkel an den Schuhen
wunderschön aussehen müssen,
wie kann ich dann Vollkommenheit
verstehen und leben?

Ich denke an den Tag beim Zahnarzt.
Vier Zähne mußten abgeschliffen werden.
Drei Zahnärzte verweigerten diesen Eingriff
bei einem kleinen Kind.
Ein Vierter war mutig, so mutig wie Du.

Ich brauchte alle Kraft,
meine Angst und Unsicherheit zu verbergen.
...doch Du legst Dich hin, ohne Worte,
scheinbar in Trance...
Ohne auch nur einmal zu zucken, ohne Spritze,
werden Deine Zähne in Ordnung gebracht.

Danach Deine Worte.
" Es war schön ! "
Ich bin selbst wie in Trance, doch nur vom Schock,
ausgelöst von Deiner Stärke.
Dein Mut, Dein Vertrauen verjagen seitdem
meine Unsicherheiten,
ersetzen meine Angst durch innere Kraft.

Nun weiß ich,
ich muß im Leben nach nichts mehr suchen,
vor nichts Angst haben,
mir keine Sorgen machen.
Im absolut richtigen Zeitpunkt
kommt alles auf mich zu.
Meine Ruhelosigkeit ist zu Ende.

Es reicht nicht zu sagen, ich liebe Dich.
Menschen finden auf Erden keine Worte
für Gefühle, die im Himmel geboren wurden.
Ich kann die Gefühle mit Dir leben,
sie sind ein großer Schatz für mich.
Mit meinen wachsenden feinen Fühlern
kann ich sie immer besser erfühlen.

So warte ich jeden Tag, mein Sohn
auf D e i n e Führung.

Deine Macht

Ich schimpfe mit Dir,
fühle mich im Recht, unglaublich gut....

...doch große, runde Kinderaugen
sehen mich nicht an, sehen an mir vorbei ins Leere.

Lange Zeit verbleibt ihr Blick darin,
verschmelzt mit irgendetwas, das ich nicht kenne,
vielleicht auch nicht erfahren werde,
wenn Dein Vertrauen zu mir erlischt.

Doch gerade jetzt wünsche ich mir,
Du, mein Kind würdest mich mitnehmen,
mitnehmen in dieses zeitlose Etwas,
das Dich immer wieder auffüllt,
Dir Kraft und Erkenntnis schenkt.

Wenn Du zurück in die Gegenwart kommst,
meine Worte wieder ganz nah hörst,
empfinde ich Deine Weisheit.
Deine Stimme ist ruhig und besonnen,
Meine dagegen hart und oberflächlich.
Die Worte, die über Deine Lippen kommen,
könnten Menschenmassen überzeugen.
Sie sind klar, sie sind echt, sie sind wahr.

...ein Zwerg bin ich in Deiner Nähe,
die Macht Deines Wesens
drängt mich auf die Seite,
und ich weiß, ich muß noch soviel lernen,
viele Dinge neu überdenken.

Ich hoffe, Du verzeihst,
und eines Tages wird er wahr,

...mein Traum, mit Dir zu fliegen.

Von meinen kleinen Männchen...

Ich telefoniere gerade,
doch meine Worte sind nicht echt.
Ich möchte besonders freundlich wirken,
aber in Wirklichkeit hat diese Person am anderen Ende
mich schon oft sehr verletzt.

" Mama, das war nicht gut.
Du warst so freundlich,
obwohl Du das gar nicht sein wolltest, "
sagte mir mein sechs Jahre alter Sohn.
" Ich sehe es in Deinem Gesicht.
In Deinem Gesicht sind viele kleine Männchen.
Wenn Du nicht ehrlich bist,
sehen sie alle ganz furchtbar aus.
Sie können nicht mehr lachen,
und bald helfen sie Dir nicht mehr! "

" Danke, für diese Warnung ."
...denn ich will sie nicht verlieren,
meine Männchen, um keinen Preis.

Paß immer gut auf D e i n e Männchen auf,
sie sagen Dir die Wahrheit.
Wenn Du wissen willst, ob sie lachen,
...frag einfach mal ein Kind...

Die Männchen bei der Arbeit

" Ich habe Bauchschmerzen, " sagt Norman,
doch ich bin nicht besorgt.
Ich gebe ihm nicht das Gefühl,
nur eine Mutter,
ein Vater
oder ein Arzt
kann ihm helfen.
Er selbst kann es am besten.

In seiner eigenen Welt,
die noch voller Phantasie ist,
gibt es andere Wege, gesund zu werden.
Sein Vertrauen in sich
macht ihn selbstsicher und wieder gesund.

" Sei doch mal still,
ich muß mich auf meine Männchen konzentrieren,"
sagt Norman zu seinem Bruder.
Sie kommen alle mit Werkzeugen und bauen
die Häuser und Gebäude
an meinem Bauch wieder auf.
Es entsteht eine kleine Stadt.
Wenn alles aufgebaut ist,
sind meine Schmerzen weg."

Oder ich nehme die
Schaumgummi-Methode.
Die klappt immer..."

...ein Schaumgummi liegt auf seinem Bauch...

" Das ist die Erde.
Jetzt kommen viele kleine Tiere
und pflanzen Gemüse auf diese Erde.
Mein Bauch ißt das Gemüse.
Da Gemüse gesund ist,
wird mein Bauch auch wieder gesund. "

Die Männchen von den U-Booten

An der Eingangstüre eines Blumenladens
hängt ein Schild, da steht:
„Früchte reifen durch die Sonne,
Menschen durch die Liebe."

Ich lese es laut und dann höre ich genau hin,
was mein kleiner Sohn mir nun erklärt.

" Mama, das ist so.
Wenn zwei Menschen sich lieben,
sieht es so aus,
als würden sich zwei U-Boote
unter Wasser treffen.
Die Boote sind sich nah,
und ihre Türen sind offen.
Die Männchen des einen Bootes
können nun direkt in das andere Boot rüberlaufen.

Diese Männchen geben den Menschen Kraft.
Gerade jetzt,
wenn Du meinen kleinen Bruder im Arm hälst,
kann ich sehen,
wie die Männchen von Dir zu ihm,
und von ihm zu Dir laufen."
Die Männchen werden mir langsam sympathisch.

Von mir...

So ist meine Liebe

Und wenn ich Dich liebe,
mußt Du das nicht wissen.
Es gibt keinen Grund dafür,
es entsteht keine Verantwortung,
keine Pflicht.
Es ist eine Liebe ohne Sehnsucht,
ohne Schmerzen.
Sie ist immer im Jetzt.
Es gibt keine Zukunft, keine Vergangenheit.
Ich bin immer da, wenn Du mich siehst.
Immer,
auch wenn Du mich nicht siehst.
Du kannst mich noch fühlen,
wenn ich schon gegangen bin,
mich fühlen,
wenn Du längst gegangen bist.
Ich werde wieder für Dich da sein,
wenn wir wieder als Kinder auf die Welt kommen.

Ich bin so da,
wie Du die Kraft hast, mich zu empfinden.
Es liegt in Dir.

Fühle es!

Nur das

Es gibt Zeiten, da empfinde ich so...

Ich liebe, nur das tue ich.
Es scheint, als gehe ich durch alles hindurch,
wie durch ein Maisfeld,
die Halme zur Seite schiebend,
durch alles, was die Menschen sagen,
durch alles, was die Menschen denken,
ich fühle mich frei.
Es ist die Liebe, die mir den Weg bahnt.

Ich liebe,
nur das tue ich,
...und öffne mich ganz.

Du stehst vor mir und fließt in mich ein.
Deine Gefühle und Gedanken
sind plötzlich die Meinen.
Ich erfasse Dich als Ganzes,
die Zeit steht still,
kennt nur diesen Augenblick.

Ich liebe,
nur das tue ich,
... sehe Dich an,
und lese in Deinem Blick
die Geschichte vom Glück,
aber auch die von der Traurigkeit.

Deine Haut erzählt mir eine lange Reise.
Deine Ausstrahlung spricht in leisen Worten,
es geht ihr heute nicht so gut.

Deine Stimme verrät Dein Gemüt.
Schnell und schrill, oder liebevoll und zart.
Sie ist wie Du.

Deine Bewegungen, gelenkig wie ein Tier,
oder starr, genauso bist auch Du.

Warum versteckst Du Dich vor mir?
Ich sehe Dich so, wie Du bist.
Sei einfach nur Du selbst.

... wenn ich nur so bin, wie ich bin,
kann ich auch die Menschen sehen,
wie sie wirklich sind, und ihrem Wesen begegnen.
Ich liebe, nur das tue ich.

Zuviel Gefühl

" Mit zuviel Gefühl geboren," heißt ein Lied
von Claudia Pohl und Harald Immig.
Es trifft mich wie ein Pfeil
in die Mitte meiner Gefühle.
Mit Gänsehaut am ganzen Körper
tauche ich in das Lied...

Auch ich bin mit zuviel Gefühl geboren
und war mein ganzes Leben auf der Suche
nach Menschen, die meine Liebe verstehen.

Menschen, denen ich begegne,
kann ich lieben, viel zu sehr.
Und niemand versteht,
warum ich so lieben kann.
Es macht den Menschen Angst,
die es nicht mehr gewöhnt sind,
ohne Grund Liebe zu bekommmen.
Doch das ist nur der Anfang meiner Liebe.

Und wenn ich Dich, meinen Mann, liebe,
alles an Dir, auch die Dinge,
die Du an Dir nicht magst,
wenn ich in Deinen Worten die höre,
die Du nicht sagst, und verstehe...

Wenn ich Euch,
meine Kinder, liebe,
glaube,
keinen Augenblick ohne Euch
verbringen zu können...
wenn Eure ehrliche Ausstrahlung
mich zu Tränen rührt,
und ich keine Worte mehr finde...

Wenn ich Blumen und Bäume liebe, Steine,
oft gelingt mir das,
wenn ich die Straße liebe,
die mich führt,...

... dann habe ich doch nur einen Hauch
meiner Liebe in mir verbraucht,
der aber sofort wieder aufgefüllt wird ....

Ich kann alles lieben,
wenn ich mir nur Zeit
für meine Gefühle nehme.
Und wenn ich dann liebe,
werde ich mit noch mehr Liebe belohnt.

Ich bin doch mit zuviel Gefühl geboren,
und ich fange an, mich zu verstehen ...

Wir

Ich will dich verändern,
doch ich schaffe es nicht,
indem ich versuche, Dich zu verändern.

Wenn ich bleibe, wie ich bin,
immer noch mehr mein Wesen entdecke,
es lebe,
bin ich Leichtigkeit und Freude,
bin ich erfrischend,
aufregend,
genau so,
wie Du mich liebst...

...Deine Wandlung kommt wie ein Wunder
auf Zehenspitzen...
aus eigener Kraft,
und Du bist so,
wie ich Dich liebe.

Meine neuen Freunde

Ruhe in mir, endlich Ruhe.
Es fühlt sich an wie der Anfang,
es fühlt sich an wie das Ende,
fühlt sich an wie das Nichts.

Es ist Frieden in mir, einfach Gegenwart pur.
Ich muß nichts denken,
kann nichts denken,
brauche nichts zu denken.
Nichts ist wichtig, nichts muß gedacht werden.
Nichts beschäftigt mich.

Ich bin nicht mehr alleine.
Sie ist weg,
diese innere Einsamkeit, innere Sehnsucht.
An ihrer Stelle, Gelassenheit.

Ihr begleitet mich, Du meine Seele, Du mein Geist.
Egal wo ich bin, werde ich Euch fühlen können.
Ich bin so froh, daß Ihr da seid.

In der Nacht
flüstert ihr mir Gedanken ins Ohr.
Manchmal sind es zehn Ideen gleichzeitig.

Ihr entführt mich im Traum in ein Land
voller Farbe und starker Gefühle.
Dort fühle ich meine Sinnlichkeit,
meine Zärtlichkeit,
dort kämpfe ich und gehe durch die Angst.
Das ist meine Wahrheit.

Einen Weg kann ich erkennen,
und nun in der Euphorie das Licht
ganz nah zu sehen,
das sich in der Ferne zeigt,
möchte ich diesen Weg gehen.

Hier bin ich, da bist Du, meine Seele.
Dort ist mein Geist.
In dem Maße, wie ich mich mit Euch verbinde,
wir uns übereinander schieben, eins werden,
spüre ich in mir Einheit und Verbundenheit
zu allen Dingen dieser Welt.

In diesem Gefühl erkenne ich die Dinge,
die in mein Leben gehören.
Es sind nur ganz wenige
...doch sie erfüllen mich ganz.

...in Ruhe, in unsagbarer Ruhe bin ich
in der Gegenwart nur.

Traurigkeit

Hast Du es manchmal auch in Dir,
so ein Gefühl wie Traurigkeit,
mehr eine Sehnsucht, fast schon schmerzhaft,
nach allem und jedem?

Ich sitze da, und meine Aufmerksamkeit vertieft sich in
dem Gesicht eines Menschen,
das mich weit, weit weg zieht, irgendwohin...
Und ich will mich nicht dagegen wehren,
das Ziehen im Bauch ist zu schön.

Ich höre ein Lied,
unzählige Momente sind mir gegenwärtig,
gelebte Augenblicke, gedachte Phantasien...
es wirkt in mir heute wie ein Zauber.

Ich sehe mir einen Film an,
laß mich in ihn hineinziehen,
als wäre es mein Lebenstraum...

Ich sehe Blumen,
finde sie alle wunderschön.
Es ist, als wollte ich alle Blumen
gleichzeitig in den Arm nehmen,
und sie meine Liebe fühlen lassen.

Ich möchte alle abgeschnittenen Blumen,
aus allen Blumenläden kaufen,
und sie ein letztes Mal an mich drücken,
bevor sie verblühen.

Ich denke an Menschen, die ich liebe,
gebe mich diesem Gefühl hin...
und ich sehne mich noch mehr.
Und wenn sie neben mir stehen würden,
würde immer noch die Sehnsucht bleiben.

Nach was sehne ich mich eigentlich?
In Wirklichkeit nur nach der Harmonie in mir.

Manchmal

Manchmal
bin ich so glücklich,
daß ich das Gefühl
mit der ganzen Welt teilen möchte.
Dann schreibe ich es nieder.

Manchmal bin ich so traurig,
daß ich meinen Schmerz
mit jemandem teilen möchte.
Dann schreibe ich es nieder.

Manchmal
lese ich meine Worte.
Manchmal
kann ich mich selbst so gut vestehen.

Sommer, mein Freund

Es ist Oktober,
und immer noch denke ich nur an Dich,
Sommer.
Du fehlst mir so.

Ich sehe die kurzen Hosen in meinem Schrank,
berühre sie,
und ein ziehender Schmerz der Sehnsucht
nach Deiner Wärme, Deinem Licht,
geht durch meinen Körper.

Sommer,
Du bist keine Selbstverständlichkeit mehr.
Die schönen Tagen im Jahr
kann ich leicht zählen.
Ich verstehe nun auch Deine Lektionen.

Wenn Du Dich jetzt unserem Land zeigst,
lasse ich alles liegen,
um Dich,
nur Dich ganz besonders zu genießen.
An den Tagen,
an denen Du Verstecken spielst,
hole ich alle Arbeiten nach.

... heute morgen um halb acht
war ich schon im Wald,
sah Pilze und bunte Blätter,
gerade von der Nacht erwacht.
Der Nebel lag noch zwischen den Bäumen,
verschlafen krabbelte ein Käfer
über meinen Schuh.

Ich habe feuchte Erde gerochen,
sah die ersten Sonnenstrahlen dieses Tages
durch die Äste blitzen,
da erkannte ich Dich wieder, Sommer, Du?
Du bist noch da? Wie hast Du Dich verwandelt !

In den nächsten Monaten möchte ich Dich
Herbst nennen, Deine Stärken erkennen,
sie erleben und genießen.
Ja Herbst, Du bist jetzt mein neuer Freund,
bis zu den ersten Schneeflocken,
wenn ich Dir den Namen Winter gebe.
Auch dann möchte ich Dich so nehmen,
wie Du bist.

Ich weiß jetzt auch,
warum Du mir immer so bekannt vorkommst
Frühling,
mein uralter Freund.

Die Stimme

" Du mußt leiser werden..."
Wer hat das gesagt?
" Einfach leiser"
klingt sanft ein Flüstern in meinem Kopf.
Bis ich begreife, ist die Stimme verschwunden.

Um mich sind Menschen und Stimmen,
Wünsche, Erwartungen, Termine...
Eigentlich bin ich nicht im Stress,
nein wirklich nicht,
doch die zarte Stimme
dringt nicht mehr zu mir durch.
Das macht mich traurig.

Okay, sage ich mir.
Keine Termine mehr, keine Einladungen,
keine Verabredungen. Nichts geschieht.
Noch immer habe ich zu viele Pläne,
zu viele Arbeiten, zu viele Pflichten.
Erschreckend wird mir bewußt,
wie unruhig es noch um mich ist.
Jeder will mir etwas sagen, etwas zeigen,
hat einen guten Rat...
und mein Herz schreit plötzlich
" R u h e j e t z t !"

Endlich
verschwindet der Lärm um mich,
die Geräusche verhallen und es wird still,
ganz still.
In dieser Stille
kann ich sie endlich hören,
solange ersehnt,
meine innere Stimme.

Mein Herz klopft mir bis zum Hals,
mein Atem ist tief,
mich erfüllt eine Freude
ganz ohne Grund.

Ich höre nur noch zu.
Ich bin nicht mal überrascht,
denn wie man so schön sagt,
sie spricht mir aus der Seele... m e i n e Seele.

Jetzt weiß ich,
ich muß aufpassen,
immer wieder aufpassen,
daß es still bleibt, ganz still...
um mich.

Liebe Seele

Du bist wirklich lustig, voller Humor.
Warum habe ich das vorher nicht bemerkt.
Wenn ich versuche, auf Dich zu hören,
bemerke ich,
daß D u immer gut drauf bist.
Jeder Tag mit Dir ist schön.
Du hast so gute Ideen,
machst Dinge mit mir,
die Spaß machen.
Meine verrückten Ideen
werden mit Dir Wirklichkeit.
Jetzt kann ich Dich wieder hören,
und mein Leben gelingt mir.
Ich weiß wieder, wie ich entscheiden muß.
Wenn ich einmal Rat brauche,
weiß ich, daß Du da bist,
Deine Antwort löst meine Probleme.
Es ist schön mit Dir, Seite an Seite,
in aller Ruhe
durch das Leben zu schlendern,
zu wissen, daß Du immer, ja immer da bist.
Es macht mich ruhig,
macht mich friedvoll,
macht mich glücklich.
Das ist es, was ich wirklich will.

Platz für Deine Gedanken...

Liebe zerstört nie,
Liebe baut immer auf.
Prüfe,
was Deine Liebe bewirkt.
Dann weißt Du,
ob Du wirklich liebst